Bleu Line

うなじまで、7秒

ナツ之えだまめ

Edamame Natsuno

JN286543

フルール文庫

本作品の内容はすべてフィクションです。
実在の人物、団体、事件などにはいっさい関係ありません。

CONTENTS

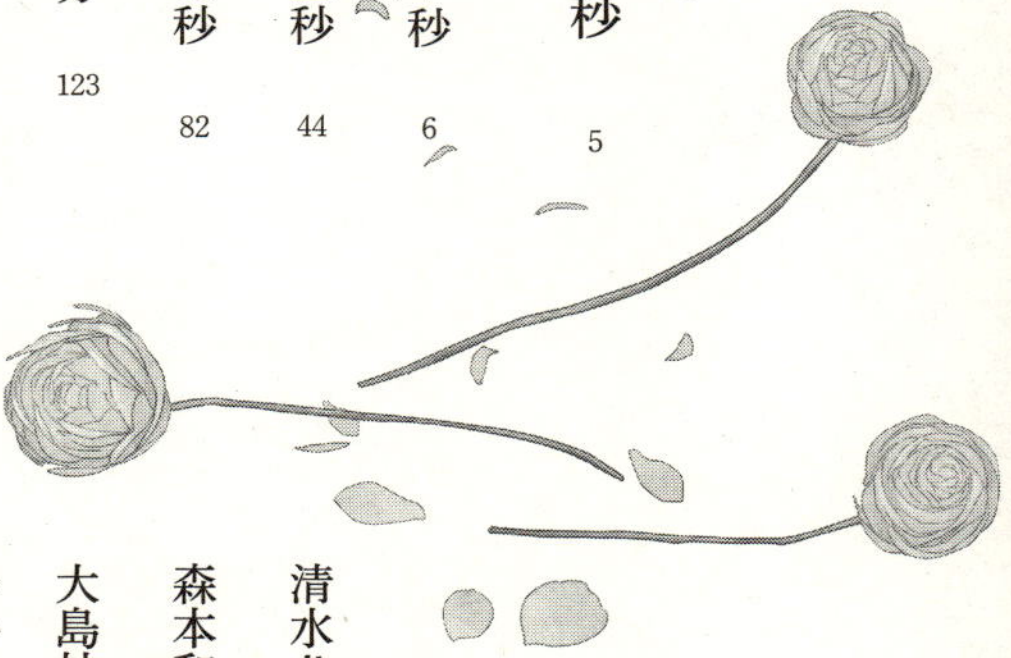

SIDE STORIES

イラストレーション／高崎ぼすこ

うなじまで、
7秒

うなじまで、7秒

会社の古びたエレベーターに乗ると、かすかに沈み込んだ気がした。

この会社、滝本物産《たきもとぶっさん》は一部上場して、かなり経つ。もっと使い勝手のいい、新しいビルに引っ越してもよさそうなものなのに、社が産声をあげたこのビルをいまだに本社としているのは、会長の懐古趣味ゆえか。

この、遅いエレベーター。朝の出社時間には、いつも地上階での大渋滞を引き起こし、中には苛立ちのあまり、七階のオフィスまで階段を駆け上がる者が出る始末だ。

とはいえ、もう十一時を回ろうとしている。こんな中途半端な時間、乗るのは自分一人。

そう思っていたのだが。

「Wait!」

なめらかな発音とともに、長い指がエレベーターのドアをこじあけた。ドアの隙間からすべりこんできた、タイトなシルエットのスーツを着た男は、佐々木伊織《ささきいおり》を見るとにっこり笑った。

「佐々木さん。出先からお帰りですか？」

通常の出社時刻はとうに過ぎている。

「いや。今日は、ちょっと野暮用があったもので」

彼の名は、貴船笙一郎《きふねしょういちろう》。滝本物産が契約している翻訳会社、大島《おおしま》トランスレーションの社員だ。

歳は確か二つ下の二十九歳。父親が日本人、母親がアメリカ人と聞いている。かつて一緒に仕事をしたことがあるのだが、翻訳は的確、会議資料の提出は早く、物腰も柔らか。他部署での評判も上々だ。

なのに、伊織がなんとはなしにこの男に苦手意識を持っているのは、何を考えているのか、よくわからないからだった。異国の血が混じっているせいだろう、彼は全体的に色素が薄い。瞳の色も、やや長めの髪も。黒髪に黒い目の自分とはまったく違う。

たまに目が合うと、いつも薄ら笑いを浮かべている。唐突に英語を発するときがある。英語が母語で、とっさに出てしまうのだろう……と頭では理解しているものの、なんとも掴《つか》みがたい男なのだった。

「貴船さんも、七階でいいですか？」

「ええ」

エレベーターが動き出す。ドアの上には装飾を施された半円型の階数表示があり、針がゆっくりと動いて現在の階数を知らせてくれる。

伊織は目を閉じる。

正月にいきなり妻が出て行った。彼女は別れてくれ、伊織は納得できない、その平行線。今日は二回目の離婚調停だったが、結局は物別れに終わった。

——疲れたな。

頭が重い。目の奥が痛む。

調停に出席するために髪を切ったせいで、うなじが寒い。マフラーをしてくればよかった。思い過ごしかもしれないが、貴船に見られている気もする。

軽い振動があった。目を開く。七階。目的の階に着いたのだ。伊織は貴船のために「開」のボタンを押し、扉をあけておいてやった。

しかし、彼はじっとしている。降りる気配がない。

「貴船さん？」

七階でいいと言ったはずだ。

「どうしました？」

振り向こうとして、息をのむ。

うなじを指で撫《な》で上げられた。触れるか触れないかのところ、肌のきわを、貴船の指がすべっていった。

「あ…っ！」

その感触は今まで知らなかったほど、あまりにもセクシュアルで、あられもない高い声をあげてしまった。

貴船がかがみ込んできた。

彼がつけている香水がふわりと薫る。

「な……」

キスを、されるのかと驚き、身を固くする。しかし彼が口づけてきたのは、うなじだった。

まださきほどの指の余韻のある箇所に、温かな湿った唇。かすかに押し出された舌先。

「……っ！」

全身がわななき、足から力が抜けそうになった。

唇が離れる。

気がつけば貴船は、伊織の正面に立っていた。彼のほうが若干、背が高い。淡い色の瞳がこちらを見ている。

「ありがとうございます」

「え……」

なんに対しての礼なのか、わからずに伊織は戸惑う。

「ドアを、あけていて下さったので」

そう言うと彼は、まるで口笛でも吹きそうな足取りでエレベーターから出て行った。

何ごともなかったかのように。

「なんだったんだ……？」

伊織はうなじに触れる。

たった今、彼が、口づけたその場所に。

貴船と仕事をしたのは、一年近く前のことだ。

「ヴェーク」というドイツ製玩具のお披露目イベントで会議通訳とリーフレット翻訳が必要になったとき、大島トランスレーションが「間違いのない男だから」と派遣してきたのが貴船だった。当時、七階フロアは大騒ぎになった。

男の美醜などどうでもいい伊織から見ても、明らかに貴船は桁外れな美男子だった

し、他国の監督が撮ると東京が異国に見えるように、彼もまた、身にまとっているものも漂う匂いさえ、どこか自分たちとは違っていた。

当人はそんな視線には慣れっこなのだろう。あの薄ら笑いを浮かべて、淡々と打ち合わせを進めていった。

彼が現在出入りしている海外事業部は伊織の所属するマーケティング部と同フロアだ。そのため、割と頻繁に姿は見かけるが、あれ以来、話をしたことはほとんどない。

ああ、そういえば……と伊織は思い返す。

「佐々木主任。やっぱり、王子様なんていないんですよねー」

同じ班の清水《しみず》が飲み会で愚痴っていたことがあった。

お盆前の納涼会。隣のビル屋上にあるビアガーデン。彼女はもう何杯目になるかわからないビールジョッキを手にしていた。

「王子様?」

「貴船さんですよ。見た目だけなら最高なんだけどな。でも、顔も性格もいいなんて、世の中、あり得ないんですねえ」

清水の目はとろんとしていた。そしていつもの五倍は、よくしゃべった。

「仕事はきちんとやる男だと思うが」

「そこはいいんですよ。でも、私生活がだめ。あんな女ったらしだなんて想像もしてませんでした、私」

「女ったらし？」

「大島トランスの人たちが言ってましたけど、つきあって二ヶ月もすると飽きて別れちゃうらしいですよ。二ヶ月ですよ？　どうせすぐ次の相手が見つかると思って」

「それはすごいな」

伊織は素直に感心した。そんなペースで相手を替えていたら、自分だったら名前を間違えてしまいそうだ。

「貴船さんが爪をきれいに磨きだすと、彼女ができたってことらしいですよ？」

「爪？　なんでだ？」

意味がわからず問い返すと、酔った彼女に背中を叩《たた》かれた。

「もう、主任てば、えっちぃ！　結婚してるんだからわかるでしょー！」

すこぶる痛かったことを覚えている。

女には不自由しない、たいそうにもてる、そんな男が、どうして?

びりりとうなじが疼《うず》いた。

書類から目を上げると、貴船が海外事業部のスペースから、こちらを見ていた。視線を机上に戻す。

首筋に手をやる。

なんだかそこだけ皮膚が違ってしまった気がする。彼を感知する器官を備えでもしたかのような。

——エレベーターでのあれは、なんだったんだ。

男の首に接吻《せっぷん》する趣味があるのか? それとも男が好きだとか。いや、二ヶ月ごとに恋人を替える男が、それはないだろう。じゃあ、いったいどうして?

考えすぎて頭が痛い。これも貴船のせいだ。腹立たしく思いながら書類のページをめくる。

文字がかすんだ。

「……?」

自分の頬に触れてみる。熱い。そういえば、三日ほど前から喉が痛かった。

「主任、顔が赤いですよ」

決裁を求めてやってきた清水に指摘される。

「風邪じゃないですか？」

「別にどうってことはない。今日は遅れて来たんだし、仕事を進めておかないと」

清水が指を立てた。

「以前私に、『具合が悪いときには医者に行け、休んで早く治すのも仕事のうちだ』っておっしゃったの、主任でしたよね？」

「……」

そのとおりなので、ぐうの音も出ない。

「わかった、帰る。課長にもそう伝えておいてくれ」

あきらめて上着を手に取った。

「何かあったら携帯に連絡をくれ」

「わかりました。ちゃんとお医者さんに行くんですよ？」

清水に念を押される。

「あ……」

見ている。

貴船が自分を見ている。

だが、伊織は、決して振り返らずにフロアを後にした。

熱は夕方から本格的に上がりだした。

「三十八度九分……」

今日一日の重みを伴う頭痛はこのせいだったのか。漢方薬だけでなく熱さましも飲んでおこうと、起き出して台所に行き、薬袋を見る。そこに表示してあった「解熱剤。頓服。空腹時は避けてください」の文字に顔をしかめる。食欲がなかったので、何も買ってきていない。

冷蔵庫をあけてみるが、水とビールがあるきりだった。

伊織は料理をしない。というよりできない。

妻が出て行ってからというもの、朝はコンビニでパンを買って会社で食べ、昼食は社員食堂でとり、夕飯は飲み屋でビールのついでにつまむ程度だった。

「これ……」

このまま飲んではだめなのか。じっと薬の白い袋とにらめっこをする。

チャイムが鳴った。

「はい」

パジャマ姿だったがしかたない。玄関に向かう。

ドアをあけて、伊織は固まる。

「こんばんは」

ふわりと匂いが満ちた。彼のつけている香水と、手に持っている紙袋からだろう、果物の匂い。

清水言うところの「見た目は王子様」がそこにはいた。

「貴船さん……」

彼は、昼に見たスーツではなく、シャツにチノパンというラフな出で立ちで、草色のジャケットを羽織っていた。

「上がってもいいですか？」

「え、え？」

首の後ろがチリチリする。

ちょっと待て。なんでだ。どうしてこの男がここにいる？

風邪で熱があるせいか、考えがまとまらない。

「それは……ちょっと……」

「もしかして、僕が恐いんですか？」

バカにしたように言われて、カッとなった。伊織はドアを大きくあけ、彼を中に迎え入れた。

なんで、そうしたんだろう。

どうして、彼を家に入れてしまったのだろう。

あとから何度も考えた。自分と彼は、それほど親しくはなかったはずだ。熱が高いからと玄関先で帰してしまうこともできた。そうしていたら、自分たち二人の関係はもっと違うものになっていたはずなのに。

「なんで、ここがわかった？」

「前に、このバス停からすぐの白いマンションとおっしゃっていたので」

そんな話をしたような気もする。

「……よく、覚えていたな」

「佐々木さん、なにか召し上がりました？」

「……」

返事をしないのを否定と取ったらしい。

「台所をお借りしてもいいですか？」

彼は上着を脱いでキッチンに入った。

シャツの袖をていねいにまくり上げた貴船は、冷蔵庫をあけ、調味料を確認し、鍋を選んだ。

誰かが台所に立っているなんて久しぶりだ。

「アレルギーや好き嫌いはないですか？」

「ない」

「つらかったら、寝ていて下さい」

「いや」

マンションは部屋全体が暖められていて、寒くはない。伊織はダイニングの椅子に座って彼が調理するのをぼんやりと見ていた。

料理って魔法のようだ。堅くてまずいものが、切り分けられて、鍋で煮られて、粉が振りかけられて、柔らかくておいしいものに変わるんだ。

「きみは、手際がいいな」

「九歳からやっていますから」

一瞬も迷うことのない貴船の動作は、経験豊かな科学者の実験のようだ。

「母親がまったく料理ができない人だったので、しかたなく。まあ、けっこう好きなので苦にはならないんですが」

そう言って、彼は伊織の目の前に皿を置いた。れんげが添えてある。湯気が鼻腔《びくう》をくすぐる。

ごくっと喉が鳴った。腹が切なく声をあげる。

「これは？」

「チキンリゾットです。風邪のときってタンパク質をとったほうがいいんですよ」

「米はともかく、鶏肉はどうした？　持ってきたのか？」

「いえ、まさか。ありましたよ、冷凍庫に。日付は去年の十二月でしたけど、凍っていましたから差し支えないと思います」

ああ。

「そうか……」

クリスマスのローストチキン。二人じゃ食べきれないねとしまわれたそれ。

そのなれの果てがこれか。

「いただきます」

　ふーふーと口を尖《とが》らせてさましながら、れんげを口に運ぶ。舌にのせたとたん、旨さにうなりそうになる。

　あとはもう、無我夢中で、口の中がやけどするのもかまわず、皿の底までさらって食べた。こんな食べ方をしたのは、学生時代以来だ。コンビニのパンや社員食堂、飲み屋のつまみでは補えない、身体じゅうに染み渡る旨さがそこにはあった。

　いじましく、れんげの外側まで舌で舐《な》めとる。

　貴船が見ているのに気がついて、はっと我に返った。

「すまん。行儀が悪くて」

「いえ。食べてもらうのは嬉《うれ》しいですから。それにしても、あれです、餓鬼、みたいでしたよ、佐々木さんの食べ方」

「しばらくろくなものを食べていなかったもので。うまかった。ほんとに」

　皿を下げながら、貴船は言った。

「風邪というより栄養失調じゃないですか？　奥さんが出て行かれてから、かなり経ちますし」

　さらりと言われて、貴船を見つめる。

「──知っていたのか」

「ええ……」

彼は少し困った顔をした。どこから、と考えて、一人の顔が浮かんだ。

「清水さんか」

向こうの情報がこちらに来るなら、逆もあるということだ。

「ああ、まあ。彼女を責めないで下さいね。佐々木さん、離婚調停のために半休をもらったでしょう？　それを彼女が、たまたま聞いていて。佐々木主任はいい人なのにどうしてなのかって言ってましたよ」

「俺が知りたい」

ぼそっと言う。

何が悪かったんだ。俺はどうしたらいいんだ。

「薬、飲みますか？」

コップに水をくんで置かれる。爪がピンクでやたらきれいだなと伊織は思った。女の子のように装飾を施しているわけではないが、よく手入れされている。

なんだっけ。彼が爪を磨いているときには──

「ああ、そうだ。その前に、桃を食べませんか？」

貴船はそう言うと、持ってきた紙袋を持ち上げた。

正直、まだ食べ足りない。

「うん」

「わかりました。剥きますね」

果物ナイフで桃の皮を剥いていく。彼は何をするにも楽しげだ。そしてさまになる。

「そういうところが、女性にもてるんだろうな」

伊織が言うと、彼は少しだけ、不機嫌な顔になった。

「……？」

何か、悪いことを言っただろうか。

「けっこう、調理器具が揃《そろ》っていますね」

「ああ。妻が、料理上手だったからな」

言って、彼女のことを過去形で話していることに気がつく。

「でしょうね。調味料もこだわっているみたいですし。奥さん、なにが得意でした？」

「なんでもうまかったぞ。天ぷらも、すき焼きも、ちらし寿司も。ケーキも焼いてくれた。だけど、二人だと持て余すんだよな」

「そうですね。ケーキ型で作るとワンホールできちゃうから」

「貴船、さんも、作るんだ？　ケーキ」

言いながら、彼に敬称をつけるのが不自然なことに気がつく。

「ええ、まあ、手慰みに。ああ、いいですよ。貴船と呼び捨てで。僕のほうが年下ですし。その代わり、伊織さんって呼んでもいいですか？」

「え？　かまわない、が」

よく考えるとおかしなことだ。取引先の男に下の名前で呼ばれるなど。だが彼は、ごく自然に伊織の名を口にした。

「できましたよ、伊織さん」

テーブルに皿とハンドタオルが置かれた。皿の上には桃が並べられている。

「フォークが見つからなくて」

そう言うと彼は桃をひと切れ、手で直接とって伊織の目の前に差し出した。

嘘《うそ》をつけ。果物用フォークはれんげの隣にあったはずだ。

「食べないんですか？　手はちゃんと洗いましたよ？」

からかうように言われて、口をあけた。

桃が口腔内に入ってくる。

みずみずしい、甘くて香り高い汁をたっぷりと含んだ桃だった。今まさに求めていた味だ。伊織は夢中で咀嚼《そしゃく》し、飲み込む。その勢いに乗じて彼の指までもが押し込まれてきた。
（……！）
舌に心地よい指だった。桃と同じように、貴船の指を伊織は味わった。指の腹、爪
表面のすべらかさ、そのカーブさえも。彼の指が口から出て行ったとき、伊織の口の
端からはとろりとした桃の果汁がしたたっていたし、貴船の手は、伊織の唾液で濡《ぬ》れ
そぼっていた。
伊織は手の甲で唇をぬぐった。もう片方の手で桃を掴む。手首まで汚れるのもかま
わず、桃の果肉を頬張る。最後の一片を飲み下したときには、手はもう、甘い汁でど
ろどろだった。
「伊織さん。あなた、ひどいことになってる」
隣に座っていた貴船は笑うと身を乗り出し、伊織の手首を掴んで口元に持っていっ
た。
引っ込めようとしたが、彼は離さない。
「あなたばかり美味しい思いをして」
そう言われればそうかもしれない。確かに自分は桃をみんな食べてしまった。だか

ら、彼の好きなようにさせるしかない。熱に浮かされた伊織はそう考えてそのままにした。

彼は伊織の手のひら、くぼんだ中央を舌で掬《すく》った。こそばゆくて喉奥からくぐもった声が出る。

それから彼は、伊織の指を丹念に食《は》み始めた。人差し指から中指、薬指まで、キャンディを頬張るように一本ずつ。

(あ……れ?)

なんだか。変だ。これ。

彼が左手で伊織の中指から小指までをまとめて掴んだ。目はこちらを窺《うかが》っている。淡い色の瞳。唇は自分よりやや薄くて。そこからまるで赤い蛇みたいにぬるりと湿った舌が伸ばされ、さらされた指の間、柔らかい谷間を這《は》った。

「あ……」

ぞくっとした。

熱のある身体とうまく働かない頭。それでも、彼の行為がすでに食欲とは違う領域を侵蝕《しんしょく》していることは理解できた。

彼から手を奪い返す。伊織は立ち上がった。

「帰れ」

言い放つ。

貴船は怒るかと思ったが、唇の角度を変えただけだった。

「つれないな、伊織さんは」

彼の唇。それは、ほんの少し動くだけで微妙な差異を生み出す。今の彼の口元は、肉食の獣が獲物を見いだしたかのような色合いを帯びていた。

「ねえ、伊織さん。気持ちよくしてあげる。あなたが今まで夢に見たことさえなかったくらいに」

壁に押しつけられ、貴船の右手がパジャマのゴムをくぐって入り込んできた。彼は手慣れていた。自分より年下なのに、充分な経験を積んでいる熟練者の手つきだった。

「あ……っ！」

貴船の柔らかな手のひらで敏感な部分を撫でられて、きゅうっと腰の奥から、こらえがたい欲求がこみ上げてくる。

彼の唇が、頬をついばんでいる。そして左手でパジャマの裾を上げ、伊織の背骨を奏でるように撫で上げていった。

「あ、あ……っ」

強くして欲しい。もっと確かな刺激が欲しい。しかし、彼は焦らすことを心得ていた。

伊織の勃《た》ち上がったペニスの、くびれた部分を貴船の手入れされた爪がひっかく。

「……！」

膝が震える。だが、その指は細心の注意を払ってうごめいている。決して臨界を越えさせてくれない。皮膚だけのいきものになった気がする。ただ感覚だけの存在だ。

伊織は彼の肩口にすがりつき、声をこらえるしかできない。理性や矜持《きょうじ》など、この喜悦の前にはかすんでしまう。

「泣かなくても、いいんですよ？」

貴船は恐ろしい優しさを孕《はら》んだ声でささやくと、いつの間にか濡れていた伊織の目尻を舌先でぬぐった。

「ねえ、伊織さん。キスさせて」

甘えた声に告げられて、伊織は顔を上げる。

「ね？」

ひそめた声にあらがえない。

ほどいた唇から、彼の舌が入ってくる。そうして、口の中で無邪気に遊ぶ。上顎《うわあご》の形を、歯の並びを、舌の柔らかさを、確かめられ、くすぐられ、吸い上げられ、絡みつかれる。同時にペニスを手のひらでゆるゆると揉《も》み込まれて、もう限界に近い腰の疼きはさらに追いつめられていく。

「ねえ、いきたい？」

問われてうなずいてしまいそうになる。

「よくなりたい？　僕の指で」

答えない伊織に、貴船は手の動きを止めた。

「あ……っ！」

不用意にあげてしまった声はさもしく物欲しげに響く。待たされて、頂点寸前の快楽は腰に重く、痛みさえ感じた。

「──なんてね、嘘だよ。伊織さんが強情なんでちょっと意地悪しただけ」

彼の指が張りつめきった伊織の性器をしなやかに、こすり立てた。

「ああ……」

生まれて初めての快感にうめきを抑えることができない。先延ばしにされた奔流は貴船の手のうちで一気に解放へと高められていく。

さきほどの果汁だけではない、粘ついた水音が耳に飛び込んできた。

こんな音を立てているのが自分だなんて、消え入りたいほど恥ずかしい。なのに、伊織の全身は、ただこの快楽を極めることだけを切望している。

「あ、あ……」

貴船に抱きついた。そうしないと崩れ落ちてしまいそうだった。彼の指はさらに動きを早める。

「くっ——」

呼吸が止まり、目の前が真っ白になった。

頭がくらくらした。

とても現実とは思えなかった。

出してしまった。男の、手の中に。思い切りぶちまけてしまった。

貴船は平然とハンドタオルで手を拭いている。それから、伊織の腰を抱いた。ともすればへたり込みそうになる伊織は、掬い上げられるようにベッドルームのドアうちに引きずり込まれる。

伊織は小学校から大学まで剣道をやっていた。段位も持っている。そのほかの武道も多少かじっていたし、細身ではあったが腕に覚えはあった。なのに。今、自分は為すすべもなく、この男にベッド上にころがされている。

恐い。この男がたまらなく恐かった。「すみません、からかいすぎました」、そう言って退いてくれることを切望した。

「たまらないな」

しかし自分のシャツを脱いだ貴船は、唇の傾きをほんの少し変え、残酷に微笑んでいる。

「怯《おび》えた顔をされるとよけいに、どんな恥ずかしいことをしてあげようか考えてしまいますね」

覆い被さる貴船をのけようと手で彼の胸を押し上げるが、思ったよりもしっかりと筋肉のついた身体は、びくともしない。

貴船は伊織の手を取ると、口づけてから脇へどけた。パジャマの襟から覗《のぞ》く鎖骨の間を、彼はそのつるりとした指先でなぞった。

自分の肉体はなんと単純なんだろう。

さきほどのエクスタシー、陶酔を与えたその指が、今度は何をしてくれるのか、期待している。本気ではもう、逆らえない。身体のほうは、とっくに陥落している。

伊織はあきらめた。力を抜いて懇願する。

「なあ、貴船。とっとと終わらせてくれ。それで、おまえの気が済んだら帰ってくれ」

「かわいそうな伊織さん」

彼は身をかがめて軽く伊織に口づける。指がパジャマの前ボタンにかかっていた。

「あなた、知らないんでしょう？　身体のすみからすみまで愛されて濡らされてとろとろになって、絶頂に我を忘れる——。そういうセックスをしたこと、ないんでしょう？　僕が、あなたに教えてあげる。あなたの身体に、刻み込んであげる」

彼は伊織の身体を愛撫した。

顎先から肩の線、胸の突起、腕の内側、手首や、指の一本一本、臍《へそ》の中や膝までも、舌と指で、大切にされて可愛がられる。

最後には唇で、感じやすいペニスの先端を挟み込まれて、くびれを舐め回されて、きちんとやすりをかけた爪で会陰奥の柔らかな丸みをくすぐられて。

「……！」

強く吸い込まれて、全部……——魂まで持っていかれる。

ジェルとゴムがサイドテーブルに置かれるのを見て、伊織は身じろぎした。だが、貴船にほんの少し膝で押さえられるだけでもう動けない。

「ねえ、伊織さん。大丈夫だよ」

彼はささやく。

「あなたの身体が、ごく上等なワインみたいに、開いているのがわかるでしょう？こうして内腿《うちもも》に触れられたなら、もっとちょうだいとねだりたくなるでしょう？」

腰の下に枕をあてがわれ、両の足を開かされる。貴船がジェルを手のひらで温めるのを、ただ見上げるばかりだ。

貴船が目を細めた。

「なんて顔をしているんですか。まるでおしおきを待っている子供みたいですよ。まだ、恐いの？　それとも、僕を楽しませようとしてくれているのかな」

慎重な指が恐くないよとノックしてくる。

そうしてその指は、緩慢に、もういいと言いたくなるほど時間をかけて中に入ってきた。体内を軽くなぞられて、今まで一度も知ることのなかった感覚に伊織は声をあげた。

「あ……！」

「ほら、ね？」

指が増やされ、身体を内側から押し上げられた。

「あ、や……！」

声をこらえきれない。

ぞよぞよとうごめく塊、自分の中にあるとは知らなかったもの――果ての見えない無尽蔵な欲望――の大きさに、伊織は怯えた。

「それ、やだ」

恐がらないで、という抑えた声に、ただ一滴、垂らしたように滲《にじ》む貴船の欲望。

「もうちょっとだから、ね」

挿入し射精して得られる直線的な絶頂ではない。伊織を形作る細胞全部が、彼の指に応え、うねり、どっと歓喜の声をあげていた。

こちらを見ている貴船はまた少し、唇の角度を変えていた。今までとは違う、濃密な匂いがしている。

彼が服を脱いだ。

ゴムを装着するときに、伊織の腿に彼の性器の先端から流れ出した透明な滴がしたたり落ちた。

あまりに貴船が淡々と自分を追い込んだので、伊織は彼がそれほどには性的な興奮を覚えていないのだと思っていた。違う。彼は待っていたのだ。よく訓練された猟犬が獲物が通りかかるまでじっと身をひそめて待つことができるように。彼は、それほどに手慣れているのだ。


——何をしてくれるの？

それはとても美味しいの？

ずっとずっとすごいの？——


彼の思惑どおりに、伊織の身体はざわめき、待ちわびている。

貴船のペニスが身体を引きあけ、押し入ってきた。指とは比べものにならない質量。まるで、このために、あつらえたような形。

必死にかじる手の甲を「だめだよ」と外される。細心の注意を払って慎重に、さきほどのスイッチを中から押し上げられ、伊織は彼の意のままに身をよじらせた。触れられてもいないのに、屹立《きつりつ》したペニスの先端は透明な液を垂らし続ける。

「どこまで入るか、試してみようか？」

彼はとんでもないことを言った。

「あ、あ、やだ」

「そうしたら、あなたとよりいっそう繋《つな》がれて、もっとよくなると思うんだ」

いやだと言ったのに、そんなのには耐えられないと訴えたのに、伊織の身体の中に貴船の雄はさらに深く押し入ってきた。

「ひ……う……」

身体の内側、内臓と皮一枚隔てただけで脈動する貴船の性器は、わずかに身じろぎするだけでも伊織の全身に響く。なのに、今、どこまでと危ぶむほどに、真剣に腹を突き抜けこの身を貫くのではないかと憂慮するほどの最奥に、それは侵入してくる。

「う。う……」

シーツを掴んで、ただ、耐える。

彼の動きが止まった。

「うん、ちゃんと入ったよ。ほら」

貴船が合わせ目を指で撫でた。

伊織はそちらを見てしまった。

視線が合う。この、中におさめているもの。それが明確に貴船のペニスに他ならないことを、視覚でダイレクトに確認してしまった。

「あ――」

男としては受け入れがたい状況のはずだ。けれど、自分は。自分の中に生まれた官能は、たやすく慣れて次を待っている。

次？

彼が、腰を引く。

「は、あ……」

自分の発する語尾が甘ったるく響く。

背を悪寒すれすれの快感が這いのぼってくる。

「こうされると、いいんだ？」

貴船が短いストロークで律動を刻む。シーツの上で伊織は身をひねって逃れようとしたが、尻肉を掴まれ、より大きく腰を使われて、喘《あえ》ぐしかできなくなる。

「ねえ、気持ちいい？　今まで知らなかったくらいに？」

まともに答えられるはずがない。

貴船は深く身体を合わせた。互いの体温が、汗が、匂いが、混じり合う。伊織のペニスは二人の腹の間でこすり上げられ、たまらず、彼の背にすがりついた。

それ以外に確かなものなど、何もなかった。

自分さえも形をなしているのか、わからない。もう、ぐずぐずにとろけているのではないかと感じる。

貴船の動きが止まる。

内部で、彼の欲望が膨れ上がり、はじけたのがわかった。

「ああ、ああ、ああ」

溜息《ためいき》めいた喘ぎが口から絶え間なく漏れ出る。世界がその場で歪《ゆが》み、流され、己などなくなってしまったかのような、それほどの高みだった。

貴船が静かに伊織の喉元に唇をつけ、軽く噛《か》んだ。それは、獲物の所有を主張する野生のけもののめいていた。


ひとつ、ひとつ、ひとつ。

貴船は伊織の身体を温かい湯に浸したタオルで拭いていく。

顔から、指から、性器から、さらに奥深いところまで。

伊織の呼吸はまだ整わない。

貴船はタンスの引き出しをいくつかあけてシーツを見つけると、替えた。パジャマも着替えさせた。

そのあいだ、伊織は指一本動かせなかった。
彼が出て行く。玄関のドアが開き、閉じる。

抱かれた。男に。腰に鈍い疲労感がある。ここであいつを受け入れて、身悶《みもだ》えて。

ああ、そういえばとベッドサイドのテーブルに目を向ける。自分のぶんの結婚指輪があった。妻が出て行ったときからそこに置いたままだ。

俺は結婚しているんだよな、まだ。ということは。これは不貞を働いたことになるのか。自らが望んだことではなかったにしても。

まったく、あの男は。見舞いに来るのに、ゴムはともかくジェルを持参してきた時点で計画的だ。

俺は、ひどいことをされたんだ。熱があったのに。いやだと言ったのに。強姦《ごうかん》されたんだ。

そう己を煽《あお》って、貴船への怒りを掻《か》き立てようとした。なのに、腹がくちくなり、精を充足させた自分の身体は、満ち足りた眠りに引き込まれようとしている。

その現金さに笑えてきた。

※※

貴船は夜の表通りを歩いていた。

タクシーが何台か通り過ぎたが、乗る気にはなれない。空には白々と細い月。その下を歩いていたい。

背中は爪痕で痛むけれど、あなたの物凄くいやらしい声を聞けたから、これは、勲章。

伊織さん。僕、最初にあなたを見たときに、アメリカの家にあった日本人形みたいだなって思ったんですよ。黒の中の黒、漆黒の髪と目。肌のきめが細かくて。

あのとき。

約束した時間より早く来たのに、あなたのグループの話し合いが白熱して、それが終わるまで待たされていたとき。

非効率的なあなたのやり方に、僕は少々腹を立てていたんです。部下一人のわずかな違和感など、放っておけばいいのにと。でも、あなたは粘り強かった。話を引き出し、まとめ、しまいにはグループ全員があなたの案に納得した。会議が終わって安堵《あんど》したあなたの見せた笑みは、僕の世界を変えてしまった。

ふわふわ。きらきら。

あなたの笑顔は、なんだかこう、薄ぼんやりと輝いているみたいでした。ああ、いいなあと。あんなふうに僕にも笑いかけて欲しいなあと、思ったんです。

あなたは男の人だし結婚しているし、僕だけを見て欲しいなんて叶わない望みだ。だけど、僕は、初めて知ったんです。恋をするって止められない。目で追ってしまう。あなたのことばかり耳に入る。

いち、に、さん――。

指を折って数える。

あなたが奥さんと別居していると聞いてから、六週間。一ヶ月半。僕、彼女がいなかったんです。こんなのは十二歳で初めてセックスしてから、なかったことだ。そんな僕にとってあなたの寂しげなそのうなじが、誘いかける匂いが、どんなに蠱惑的《こわくてき》だったことか。

たまらず口づけた。熱い肌だった。あなたはとても驚いていた。

あなたが心配だったのは本当だ。でも、あなたが冷静になり、僕を遠ざけようとするその前に、あなたと繋がらなくては。その身体を抱かなくてはいけなかったんだ。

ああ、可愛かったなあ。

貴船は彼との行為を克明に、巻き戻し思い返す。

達するときに滲んだ涙、深く押し入ったときの内部のうごめき、背に食い込んだ爪の形。

あなたには、どこも傷をつけてないよね。ただただ気持ちよかったよね。

あなたの口の中の形、肌の味、精液の匂い、それらを僕は知った。

あなたも覚えていて。僕の匂い、指の感触、あなたを開いた僕の形。そのすべてを。

耳たぶまで、21秒

物凄く、いい匂いがして、佐々木《ささき》隼人《はやと》は目を覚ました。

それは、母親の作る味噌汁《みそしる》でもなく。ましてや、焼きたての鮭《さけ》の匂いでもなく。

「兄貴……？」

嘘。

「帰ってくるとか、聞いてねえ！」

昨晩ベッドにダイブしたときのまま、Tシャツとトランクス姿で一階まで駆け下りる。ほとんど、落ちる勢いだった。

台所にはいつものように母親がいて、そして大きなテーブルでは……——

「兄貴」

「騒がしいな」

兄の伊織が朝食をとっていた。

「おはよう、隼人」

彼は納豆の器を手にしている。

「か、帰ってたのかよ」

動揺を隠して兄の右側、自分の定位置の椅子に座る。

「ああ、昨夜遅く」

伊織は、十一歳違いの兄だ。結婚して出て行ってから三年、帰るのは盆と正月くらいだったのに。

「言ってくれれば、起きてたのに」

「それは悪い。大学、忙しいんだろう？」

「そりゃ、実験当番とかあるけど。でもさあ」

「今朝も、できたら起こさず出て行こうと思ったんだ。静かにしていたつもりなんだが、騒がしかったか？」

「そうじゃねえよ。でも、匂いが」

「うん？」

「兄貴の、匂いがしてたから」

兄は食器を置くと左の肘を上げて、自分の匂いをかいだ。

「そういうんじゃねえよ！　こう、わかんだよ。俺には」

「おまえは昔から鼻がよかったからな。発酵学に向いていると思うぞ」

「も、頭、撫でんなよ。俺はガキでもワンコでもねえんだから」

「ああ、すまない。つい」

兄は自分のことをまだそこらを走り回っている小学生だと思っている節がある。ともすると、こうやって子供に対するような接し方をする。だけど、隼人は二十歳になった。身長だってちょっぴり、ほんの数ミリだけど兄より高くなったし、煙草も酒も飲めるのだ。

彼は箸で鮭を切り分け、口に運んでいる。きれいな動作だった。どうしてそんなに上手に箸を使えるのか、幼い頃から不思議でしかたがなかったものだ。

「おまえは、食べないのか」

「ん。まだいい」

「そうか」

兄は、まっすぐな黒髪で目も黒い。茶色いくせ毛で目も茶色っぽい自分とはまるで違う。

視線が気になるのか、くすぐったそうにしていたが「ん？　あ、そういうことか」、

「どうした？」

一人で納得して、背後に掛けていたスーツのポケットから、財布を取り出した。

「はい、小遣い。今年の正月はあの騒ぎでお年玉がまだだったな」

「あの騒ぎ」とは、兄の奥さんが正月の席でいきなり出て行ってしまったことだ。兄は彼女の後を追っていき、そのままこちらには帰ってこなかった。

「ち、ちげーよっ！　そういうんじゃねえよ！」

言いながらも、一応、受け取っておく。

兄は端正な面立ちゆえに、どちらかというと地味な印象を持たれがちだと思う。でも、違うんだ。微笑むと、薄ぼんやりと光る。もしくは、そこだけ春みたいに暖かくなる。

それを見ると、隼人はいつだって、最高にうっとりしてしまう。

でも、誰にも教えてなんてやらない。だってそれは、自分だけが知っていればいいことなんだから。

「行ってきます」

兄が出勤してしまうとあの、春みたいな輝きも、いい匂いも、一緒に連れ去ってしまう。兄の愛犬、大型雑種の彦左衛門《ひこざえもん》も隼人の隣で寂しげに緩く尻尾《しっぽ》を振っているばかりだ。

「なあ、兄貴、もしかしてこっちに帰ってくんの？」

隼人は母親に聞いてみる。

「なんにも言わないのよね、あの子」

ふう、と彼女は溜息をつく。

「『今日これから帰ってもいいか』って聞いてきただけ。部屋はそのままにしてあるんだから、いくらでもいて構わないんだけどどね。まあ、あの子もいい歳のおとななんだから、助けが欲しいときには言うでしょ」

「このまんまさあ……帰ってくれれば、いいのに……」

にやっと母親が笑った。

「隼人はお兄ちゃんが好きだからねえ」

「……ばっ！」

席を立つ。

「そ、そんなんじゃねーよっ！　彦左衛門の散歩とかさ、兄貴の仕事が俺に回ってきてるからさ」

ふーん、と、母親は動じる様子もない。

「隼人。あんた、ごはん、どうするの？」

「あとで喰《く》う。もうちょっと寝る！」


匂いがする、か。

駅のホームで、伊織は自分の匂いをかいでみる。よくわからないが、これから暖かくなる。身だしなみには気をつけないとな。

郊外の、いわゆるベッドタウンと言われる町の駅だ。ホームは都内に通勤する人でごった返していた。電車が入ってきて、押されるように乗り込む。

ふわっと香りがした。

清廉で、芳醇《ほうじゅん》な匂い。思わず、そちらを向く。似ても似つかぬ男の容貌に、ほっとする反面、がっかりする。

貴船と、同じ香水だった。

吊革《つりかわ》に掴まりながら自嘲の笑いを浮かべる。

あいつが、ここにいるわけがない。

実家の住所までは、いくら彼でもわかるまい。

――伊織さん。

香りに誘《いざな》われたように貴船の声を思い出す。優しい声だった。甘く、くすぐるような響き。信じられないほど奥まで指が這ってきて、それからそこを――。

だめだ、思い出しては。

顔が赤くなってくる。また熱が出そうだ。

一週間前、貴船と関係を持った。彼に翻弄された。

あんなことをされたのに、貴船の作った栄養のある食事をとったせいか、身体は一晩のうちに回復した。そして朝の光の中、冷静になった伊織は、貴船を安易に招き入れてしまった迂闊《うかつ》さを、深く悔いることになったのだ。

その日から自宅マンションはひどく息苦しい場所になった。

あの晩、貴船を迎えた玄関先。料理をしていた台所。手から桃を食べたテーブル。さらにはあそこの壁に押しつけられて指で、いまだかつて知らなかった絶頂を味わった。それから、ここのベッドで……——

繰り返される残像はあまりに鮮烈で、いたたまれず逃げるようにして会社近くのウィークリーマンションに投宿し、ずっとそこから通勤していた。

昨日。肌に強く残っていた愛撫の記憶もようやく薄らぎ、マンションに戻ろうとした。それなのに、階下の郵便受けにあった住所の書いていない——直接投函《とうかん》された——封筒を手にしたとき伊織は、自分でも驚くほど動揺した。震える手で封を切れば、中には鍵と携帯番号のメモ。禁忌のものに手を出したかのように、慌ててそれらを郵便受けに戻した。

息が乱れていた。とても自分の部屋までたどり着くことができなかった。宿は引き払っていたから、急遽《きゅうきょ》、実家に帰ることにしたのだ。

振動があり、電車が止まった。乗り換え駅に着いたのだ。伊織は電車から押し出される。貴船と同じ香水をつけた男とは別の方向に歩き出す。

こんなふうに別れて、忘れる。彼も、自分も。

――なんで忘れなくちゃならないの？――

生まれたての何かが、ひどく無邪気に訴えてきた。

――あんなに気持ちよかったのに。また、して欲しい。きっと今度は、もっとよくなる。とろかされて、ひとつになって、恍惚《こうこつ》の瞬間を味わいたい。――

彼に会えばこぼれだしそうなその願望を、伊織は押さえつける。出てこないように、強く。

大丈夫、すぐにこれはおとなしくなる。

だいたいが、彼とは会社が違う。一緒に仕事をする機会は当分ない。フロアで顔を合わせたとしても衆人環視の中では、何もできはしまい。

このまま時が過ぎてしまえば、身体に刻まれた記憶は薄らいでいく。そのうちに自分が転勤になるかもしれないし、彼がうちの社の担当から外れるかもしれない。そうなったら、会うことさえなくなる。やがては思い出すこともまれになり、埋もれていき、風化して、「なかったこと」になっていくだろう。

貴船のことを思い出さないために伊織は仕事に集中した。多少、熱心にやりすぎたのかもしれない。ふと顔を上げたときには班の人間はおろか、フロアにも数人が残っているだけだった。慌てて時刻を確認すると終電近い。郊外の実家に帰るなら急がないといけない。

ちょうど来ていたエレベーターに乗るとき、一瞬、躊躇《ちゅうちょ》した。深夜のエレベーターは密室だ。しかし、周囲を見回しても、誰も乗る気配はない。それはそうか。考えすぎだ。いくらなんでも。

伊織はエレベーターに乗り、一階を押し、奥の壁に背をもたせかける。

今日も終わったな。貴船に会わなくてよかった。

ほーっと肩の力を抜く。半円型の階数表示が、ゆっくりと、いやになるほどのろのろと動き出し、すぐに振動とともに止まった。

「……え？」

階数表示は六階。このフロアには人事部が入っている。まだ人がいたのかと驚く。

ドアが開いて、貴船が入ってきた。

彼が操作盤の「閉」を押し、エレベーターのドアは、無情に閉ざされた。二人を中に残したまま。

自分の愚かしさを、伊織は呪う。せめて、操作盤の近くにいるべきだったのだ。そうしていたら、素早く外に出ることができたし、最悪、次の階で降りられたものを。

このエレベーター。やたらと遅い、出勤ラッシュ時には渋滞の原因になるエレベーターが地上階に着くまでを、彼とここで過ごさなくてはならなくなった。

「ご自宅に、帰っていないんですか？」

貴船が聞いた。

伊織は答えない。

「あれから何度か伺ったけれど、お留守でした」

「……おまえには、関係ないことだろう」

「関係ない？」

彼がこちらを振り返る。

伊織はほとんど、エレベーターの隅に貼り付かんばかりだった。

「ずいぶん、薄情なんですね。忘れてしまうなんて」

かすかに彼の唇が歪む。残酷で、優しい形。

「僕は、覚えているけれど。あなたが泣いて僕にすがった、あの晩のことを」

「おまえ……！」

彼に咎《とが》める視線を向ける。

ふわりと香りが漂ってきた。オレンジや花や木やバニラ、何よりそこに貴船自身の匂いが加わり、完成されたそれ。今朝の電車の中での匂いとはまるで違う。

ざわっと、伊織を形作る全細胞が、貴船を恋しがり、そちらに向かおうとする。

あともう少し、四階分。何を言われても動じるな。迷う素振りを見せれば、相手の思うつぼだ。

貴船が自身の肩に手を当てた。

「まだ、背中、痕になっていますよ。あなたが、よくてたまらなくて、つけた爪痕」

そうだ。その背に爪を立てた。絶頂におののき、力まかせに掴んだ。

「あなたがあんな声を出すなんて思いませんでした。会社で指示を出しているときとはまるで違って、泣きながら快楽を訴えるさまは、たいへん扇情的でしたよ」

これ以上我慢できなかった。わざと怒らせようとしているのだと知っていても。

「いい加減にしろ！」

黙って聞いていることに耐えられず、伊織は拳を壁に打ち付ける。エレベーターが旧式であったせいか、思ったよりも揺れた。

そして――止まった。

「あ……」

『はい、こちら管理人室』

間延びした声がエレベーター内に響いてきた。

『どうされました?』

「すみません」

貴船が冷静な声で対応している。

「中で少々派手に動いたら、止まってしまったんです」

しばらく間があったが、やがて管理人の『ああ、こりゃあ』という声が聞こえてきた。

『弱りましたね。故障の信号が出ちまいました。うちのエレベーターは古いんでね。こうなると、メンテナンス会社に来てもらわにゃならんのですわ。今、呼び出してますから、もうしばらく待って下さい』

「どのくらい、かかります?」

『そうですね。夜だから道路も混んでませんし、まあ、二十分ぐらいですかね』

二十分！　伊織は血の気が引くのを感じた。

貴船はいつもの薄ら笑いを浮かべている。

「エレベーターの中で暴れるのは感心しませんね」

「おまえが……！」

「僕が？」

「変なことを、言うからだろう」

まずい。

エレベーターの中、貴船の匂いが濃くなっている。

この身体が、大好きな匂いが。

さきほどからの伊織の変調は、まさしく、身体の奥が快楽を求めて「疼いている」としか言いようのないものだった。触れてもらいたかった。いじって、舐めて、深くえぐって欲しかった。

馬鹿な。たった一度のことだ。しかも望んでそうなったわけじゃない。

「伊織さん」

名前を呼ばれておののいた。

「まったく、あなたは。なんでそんなところにへばりついているの？　ねえ、伊織さん」

近づいてきた彼がこちらを覗き込む。淡い色の瞳。

「あなたが、あの部屋に帰らない理由を、当ててあげましょうか？」

「必要ない」

わずかに。本当にかすかに、貴船は唇の端を上げる。

「そう。じゃあ、知ってるんだ。あなたの身体が、僕を恋しがっていること」

「おまえ……っ！」

すっと彼の手が身体に回された。

「暴れないで」

これ以上なく優しく、ふわりと抱きしめられている。間には絹一枚分の隙間さえあるようだ。それにもかかわらず、伊織はうつむいたまま、みじんも動けずにいる。

「伊織さん」

「なんで」

伊織は訊ねずにはいられなかった。

「なんで、あんなことをした。どうして、俺を」

どうして、あんなやり方で抱いたんだ。

まるで。長く恋い焦がれた相手にするみたいに。

「どうして？」

貴船は鸚鵡《おうむ》返しに問い返した。それから口にした言葉は……——

「ずっと、あなたのことが好きだったから」

伊織は彼の顔を見た。

ひどく奇妙な気持ちになった。笑い飛ばせばいいのか、怒ればいいのか、迷ってしまう。場違いなジョークを聞いたときのようだ。

好きだから、抱いたのだと。今、彼は——貴船は——そう言ったのだろうか。

はあ、と伊織は溜息をつく。

伊織は高校の古文でやった源氏物語を思い出していた。

光源氏が何人もの女性に「前世からの縁《えにし》だから」と口説きにかかる。そんなセリフにころりと騙《だま》される女はどうかしていると思ったものだが、今、理解した。きっと貴船みたいな男だったんだろう。

軽やかで指がきれいで、セックスがうまくて、罪悪感なんてかけらもなく蜜を吸って、堪能したら次の花に行く。それが許されてきた男。

だが、そんな甘い嘘を喜ぶのは、女性だけだ。自分に言われても、ただ戸惑うばかりだ。

いっそ。

おまえの身体に興味があったと。男を抱くとどうなるのか見てみたかったんだと正直に言われたほうが、どんなにか納得するのに。

そんな甘言《かんげん》を弄《ろう》して、自分に通用すると思っているんだろうか。

貴船の身体を押し返す。

「もう、お遊びはいいだろう、貴船。気が済んだか？」

「お遊び？」

「だいたいおまえは、俺のことをろくに知らないじゃないか。ほかがいくらでもいるんだろう？　これ以上かかわるのは、勘弁してくれ」

エレベーター内に、管理人の声が届いた。

『あー、メンテナンス会社から連絡がありました。あと五分ほどで、着くそうです』

管理人からの連絡にほっとする。

実家に帰る終電には間に合いそうもない。

ここから出たら。まずは空いているホテルを探そう。そこで一泊して。またウィークリーマンションに戻って。今週末には隼人に手伝ってもらって、本格的にあのマンションを引き払おう。

貴船の顔からは笑みが消えていた。身にまとう気配には、少しでも触れれば亀裂の入りそうな危うさが生まれている。

なぜ？　伊織にその答えがわからぬうちに彼が口を開いた。

「あなたから、誘惑してきたくせに」

伊織は驚愕《きょうがく》した。

なんと言った？　今、この男は。

「誘惑？」

あまりの言いがかりに憤るのも忘れて反論する。

「誘惑って……何を言ってるんだ、俺がいつ、そんなことをした？」

貴船が伊織の手を取った。取り返す間《ま》もなく、彼は伊織の手を口に入れて咀嚼する。

人体の中でもっとも鋭敏と言われる爪と指の間を、舌で愛撫された。

「あ……っ！」

ゆっくりと手を出される。唾液にまみれた、自分の手。二人の匂いが強くなっていた。交わり、濃く、薫っている。

あの晩。絶頂を分かち合ったときのように。

「こんなふうに、したじゃないですか。あなた、僕の手を」

「おまえ……っ」

声に力が入らなくなっている。まずい。ぐっと正面から貴船に腰を引き寄せられた。その手のひらの感触を伊織は知っている。

「しっ」

耳元で低い声がささやいた。

「モニター、あるんですよ。ここだと見えにくいけれど、あなたが暴れるとなにごとかと思われる」

耳たぶに唇をつけられる。

「ねえ、伊織さん」

彼の声が吹き込まれる。

「あなたの言うとおりですよ。女性とは何人もおつきあいしてきましたけれど、男は初めてだったんです。存外に楽しかった。だって、あなた。普段はあんなに取り澄ましていて、まるで色ごとを知らない顔をしているのに、いやらしい声をあげて、僕が欲しいとねだって。最高に、すてきでした」

伊織の身体が震える。怒りで。こんなにも腹が立つのは、あの夜、愉《たの》しんだことを自覚しているからだ。いやというほど。

耳たぶから輪郭に沿って貴船の舌がやんわりと這った。

おかしな声が出そうになる。

すうっと指が、スラックスの前部分を撫でた。それだけで一気に性器に血が集まる。

「終電、出ちゃいましたよ。僕のうちは、この近くなんです。来てくれますよね？」

必死で首を振るが、唇からはあられもない声が出そうだった。

「どうして？」

今度は貴船に問われた。どうして、と。

その声は伊織の中からもしている。

この男の身体が大好きな、淫蕩《いんとう》な自分の奥が、そのくせ無垢《むく》なその部分が。どうして、と幼い声で問いかけ続ける。

――どうして行かないの？　欲しいよ。きっと彼はくれるよ。すごくいいものを。美味しいものを、お腹《なか》いっぱい、たくさん、くれるよ。――

自分は既婚者で。男で。貴船のことを好きでもなんでもない。なのに、この男にひと撫でされただけで、箍《たが》が外れてしまう。

外で物音がし始めた。メンテナンス業者が着いたのだ。

もう少し。ともかく、外に。そう、外に出れば。そうすれば、なんとかなる。

伊織の必死の思いを察したかのように、貴船の人差し指から薬指までの三本が蜘蛛《くも》の足のように複雑に動いて布地の上からペニスを刺激した。

「……！」

硬度を増した性器を今度は手のひらで揉みしだかれ、熱があぶり出されていく。

「やめ……っ」

じわっと性器の先端が濡れるのを感じる。このままでは、自分はほどなく達してしまう。ここで。この男の手で。服の中に。

「うちに来る？」

もう、うなずくことしかできなかった。

その後のことを、伊織はあまり覚えていない。夢の中のできごとのようにおぼろげだ。メンテナンスの人が「故障はないので動かします」と声をかけてきた。伊織が貴船に支えられて外に出たのを見て「救急車を呼びましょうか」と心配されたが、貴船が「平気です、ちょっと気分が悪くなっただけで外の空気を吸ったら治ります。ねえ、佐々木さん」と同意を求めてきたので「ああ」と答えた。何も考えられなかった。ただ途中でせき止められたこれ、腰に重くまとわる欲望を放出してしまいたい、それだけ。タクシーに乗せられて、抱えられるようにして貴船の部屋まで運ばれた。

ベッドで上着と下だけ脱がされる。

いきり立ったペニスを自分で刺激しようとしたが、手を外され貴船に口をつけられる。

唇がうごめき、舌が絡む。

「や、いやだ……ああ……いい……」

何を口走っているか、自分でもわからなくなる。引きはがそうとする手は、いつの間にか貴船の髪に差し入れられていた。すべらかな彼の髪を乱して、息を荒らげる。しっとりと舌がペニスに添えられて、口の中全体であやされる。もういいから。早くいきたい。一息に駆け上がりたい。

そう願うのに、根元を押さえられ、果たせない。

下半身のほうを見る。貴船と目が合う。わざと、咥《くわ》えているところを見せるためだろう。緩くぎりぎりまで引き抜いて先端の穴を舐めてみせてから、再び深く、喉の奥まで当たるほどに飲み込んでいった。

そうして、強く、吸われた。

「あああっ！」

シーツを掴んで絶叫する。足指がそうと意識しないまま限界までそった。

頂点のあまりの高さに息がうまくできない。貴船が上にかがみ込んできた。かすかに微笑んでいる。

彼の喉が動く。嚥下《えんげ》する音がやけに大きく響いて伊織をいたたまれなくさせる。

「美味しい」

そう言うと貴船は口元に垂れた残滓《ざんし》を舌で舐めとった。

「俺の……」

俺の、出した、あれを。この男が。

違う、違う。こんなはずじゃない。自分はもっと理性的で。ちゃんと己を律することができて。

けれど今の自分は、貴船に肩を軽く押さえられるだけで身動きがとれなくなる。シャツを脱がされ、生地が肌をこすっていく。その感触にさえ、達した直後で鋭敏な肌は悦楽を訴える。

「あのときのことを思って、自分で、しました？」

貴船が聞いてくる。

「してない」

あれから一度も自分で処理していない。そんなことをしたら、この男のことを考えそうで。そうしたら、何かに負けてしまいそうで。

「僕は、したけれど。あなたを思い出しながら。この耳、額、鼻筋、唇……」

そう言いながら、彼は、そのひとつひとつに口づける。

「何度もね。忘れないように」

この指も。そう言って、貴船は軽く伊織の指先に唇をつけ、それから手の甲を舌先でたどっていった。目がこちらを窺う。ひどく楽しげだ。

舌は肘をかすめ、二の腕から肩先、鎖骨にまで進んでいった。

次には、戯れのように胸の先端にある小さな突起を咥えられる。

「あ……！」

思いもかけない感覚に声を発してしまう。

「あなたの声、すてきですよね。抑えようとして、それでも、こらえきれなくて。身体は淫らで、心は潔白。とてもそそられますよ。乱してみたくなる」
舌先で胸の突起をなぶられる。それと同時にペニスの先の丸みを、つるりとしたさ
さくれひとつない指でなぞられた。ドロップをころがすように舐め回され、片側の胸
の先だけがふっくらと立ち上がっている。
「こっちも？」
貴船が取り残されたもう片方の乳首に唇を寄せる。
吐息の熱さに腰が熱くなり、再び性器が充血し始める。その反応を嬉しがるように
貴船の指がペニスの幹に絡まった。
きゅうっと胸を吸われ、ペニスを強くしごかれ、（ああ、いく……）と思った瞬間
に指が離された。
貴船が手のひらにジェルを落としている。伊織はそれを凝視した。
「なに、伊織さん。まだ、これが恐いの？」
彼はペニスに唇をつけながら、指を、受け入れる場所に軽く押し当てる。決して無
理強いしない。伊織の身体がこの前のことを思い出し、とろけていくまで、待ち続け
る。
ようやく入ってきた指はじわじわと体内を侵食した。伊織の身体に快楽を与えるス

イッチの場所を、貴船の指は正確に覚えていた。指をもう一本増やされて、交互に感じる場所を撫でられて高まれば高まるほど、自分の中の空洞を意識する。もっと確かなものが欲しかった。

貴船が聞いた。

「入れても、いい？」

好きにしてくれればいい、自分に聞かなくてもいいのに。

「ねえ？」

ねろりとペニスのくびれた部分にまとわりつく、貴船の舌の感覚。

大きな波の中で一人泳いでいるようだ。

理性ははねのけたいと言っている。こんな男に深入りするべきじゃない、これ以上の関係を結ぶべきではないと。

だが、つっぱねようとしても身体が動かない。拒む言葉が紡げない。

自分は貴船の身体が好きなのだ。この匂いが、指で撫でられるのが、舌で舐められるのが、硬いペニスを入れられて身悶えるのが、大好きなのだ。

情けない。だが、事実だ。

伊織は——正確には、伊織の中の、快楽を知った淫蕩な部分は——この男に、逆らえない。

「……いい」

「本当に？」

蘇《よみがえ》る、身体を結び合うあの感覚。耳に聞こえそうな、体内の舌なめずり。

「いいと言っている」

自分は被害者ではなく、単に受け入れるだけでもない。性の享楽《きょうらく》をともにしている。味わい、咀嚼し、喜んで舐めとっている。最初のときに、この男が口に押し込んできた、甘露したたる果実と同じように。

伊織は身を御することをあきらめた。欲しがるのにまかせた。

まるでリードを離された犬のように、欲望は一直線に駆けていく。

足を自分で開いて、入れやすいように膝を曲げる。押し入るその形にこみ上げる恋しさのまま、両の足を彼の腰に巻き付けて、もっと奥までと誘う。

「ん……っ」

苦しいのに、笑いたくなるのは、嬉しくてしかたないのは、どうしてなんだろう。

彼は奥まで来ると、しばらく動かずにいた。伊織がなじんだのを見計らい、今度は緩慢に引き抜いていく。

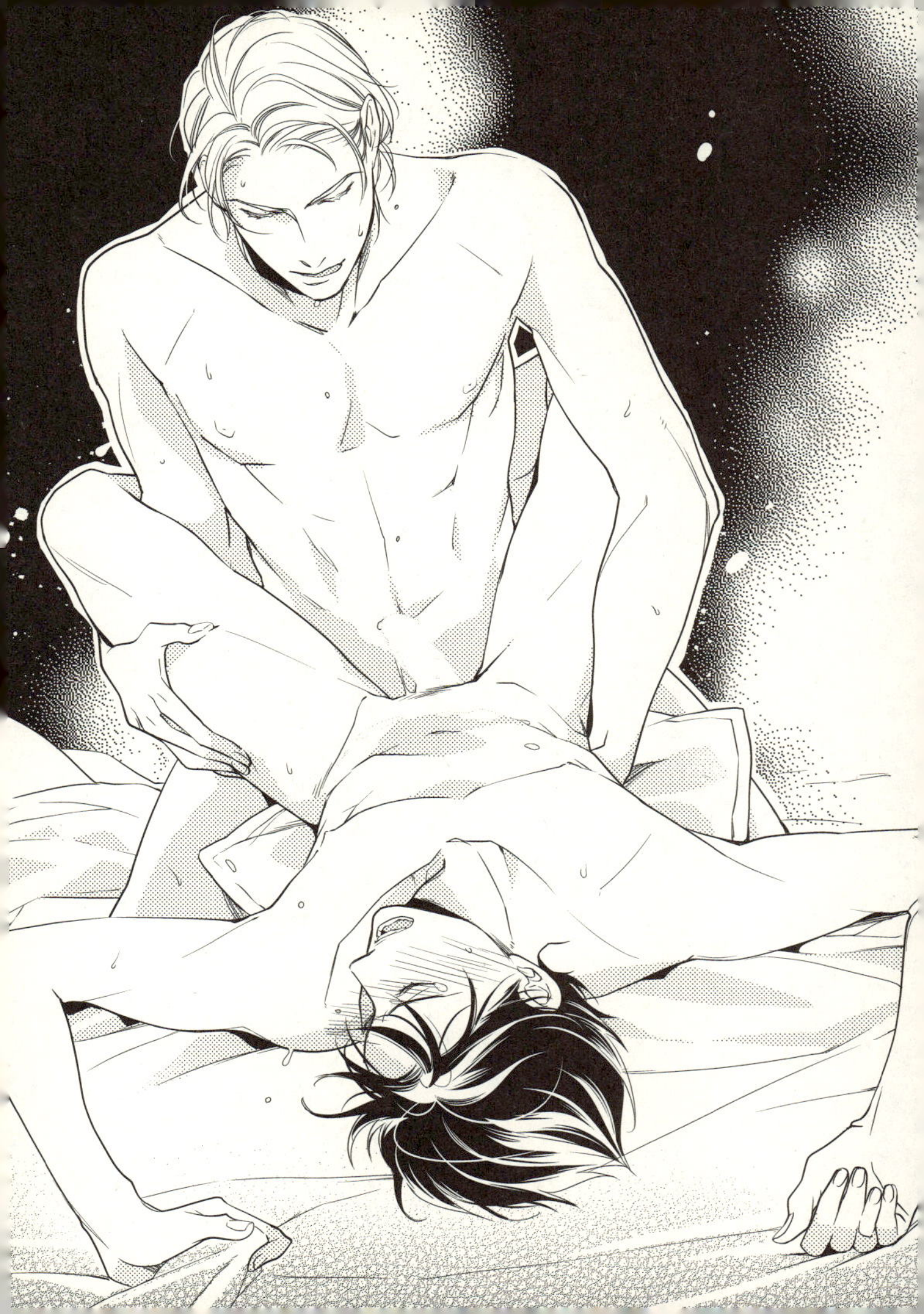

「これ、好きですよね？」

そう。こうされると、身体中の血が泡立つ。

それから。

浅い、指一本分もないところにある、あの場所。そこを攻め立てられて息ができなくなる。ペニスの先端からはとめどなく透明な液が出て、身体は震えるのに、達することができなくて、次第に頭の中が真っ白になってくる。

腰を回されて、体内をこすり上げられる快感に嬌声《きようせい》をあげた。たかが……――そう、たかが、この男の硬くなったペニスを、自分の中に入れているだけだ。

なのに。どうして、こんなに。

「は……っ」

こんなに、よくてよくて、たまらないんだろう。

気でも狂いそうに、おかしなくらいに、身体が歓喜している。

もう。恥ずかしいなどと言っていられない。

さらによくなりたくてしかたない。

奥へと貴船の雄が、再び押し入ってくる。よりいっそうの大きさを伴って。

「ああ……――」

「貴船……」

手を、伸ばした。貴船がその手を握ってくれる。

「ねえ、伊織さん」

なぜだろう、ひどく切なく響く声。

「僕とこうするの、好き？」

「好きだ。大好きだ」

「そう。よかった」

貴船の声に寂しげな響きが混じっている気がした。だが、深く考えることはできなかった。

前触れもなく突然始まった激しい抽送に頭の中がスパークした。何度も身をくねらせて、声をあげる。

流れてきた彼の汗が自分のそれに混ざる。何もかもが混じり合う。ひとつになる。

「あ、あ、もう……」

貴船の性器が内部でひときわ大きくなり、背を震わせた。

「もう――！」

一瞬、意識が落ちたのだと思う。

「伊織さん？」

すぐ近くに心配そうな貴船の顔があった。

カッと伊織は自分の顔が赤くなるのを感じて、毛布にもぐり込む。なんという声をあげ、あさましいことをねだり、さらに腰を……――。

もうずっと気を失っていたかった。そうでなければ、いっそ殻をまとった生き物になってしまいたかった。

貴船が毛布の上から抱きしめ、キスをしてくる。

「ねえ、伊織さん。かまわないから」

彼はそう言ってついばむキスを何度も毛布ごしに落とす。

「セックスするときにはね、みっともないところを見せても、はしたない声を出しても、どんなに乱れても、かまわないんだよ？」

そう言われたので。ようやく毛布から顔を出す気になり、貴船に軽いキスを返した。

先に貴船がシャワーを浴びて、伊織のためにバスタブに湯を張っておいてくれた。湯に浸かって身体を確認するが、このまえほどのダメージはない。最初に貴船としたあとには、しばらく違和感にさいなまれたものだったが。

こんなことにも、人は慣れるのだろうか。

「はあ」

よかった。すごく。

あの匂いや指や唇。声。肌を触れ合わせる心地よさ。それから……——貴船のペニスにどこまでと危ぶむところまで揺さぶられて、全身で奴だけを感じて。知らぬ間に澱《おり》のように降り積もっていた、ささいな鬱屈を、残らずさらうかのようなセックス。

「伊織さん」

バスルームの外から貴船が声をかけてくる。

「お湯の温度はどうかな？　熱くなかった？」

「いや、ちょうどいい」

「あと、どのくらいかかりそう？」

「もう出るだけだ」

「お腹、すいてますよね。夜遅いから、お茶漬けでいい？」

「ああ」

「梅干し？　明太子？」

「梅で」

答えると、彼は「了解」と言って引っ込んだ。

まったく、まめな男だと伊織は感心する。きっと貴船のことだ。こうしたことを何度も何度も繰り返して、女の子をもてなしてきたのだろう。

二ヶ月交替が大げさだとしても、彼が女の扱いに手慣れているのは、明らかだった。

拙い自分とは違う、熟練した、上級者の手つき。

貴船が出してきてくれた新品の下着とバスローブを身につけてキッチンに行くと、チノパンとシャツ姿の彼がちょうどテーブルにお茶漬けを出しているところだった。

「食べよう、伊織さん」

そう言われて、三つ葉と海苔《のり》を散らしたそれを啜《すす》り込む。

「うまい」

「それはよかった」

「これ、飲みの締めに食べたら最高だろうな」

「じゃあ、今度はそうしましょう」

「今度……」

「週末にでも」

そうか。今度があるのか。そういう関係なのか、自分たちは。

なんだろう、これは。この、近しさ。ついこの間まで他人だったのに、週末をともに過ごす間柄になっている。

ほんの、少しだけ、浮き立つ思いがある。


食べ終わってから気がついた。

実家のほうに帰るとは告げていなかったが、待っているかもしれない。連絡をしておかなくては。

上着から携帯電話を取り上げる。何件も何件も、着信が入っている。弟からだ。電車に乗るつもりだったので、会社を出るときマナーモードにしていたのを忘れていた。

電話を掛けるとコール一回で隼人が出た。

『どうしたんだよ！　心配したんだぞ！』

食って掛かる勢いだ。

「ああ、悪かった」

『仕事か？　終電、終わっちまっただろ。今どこ？　バイクで迎えに行くぞ』

今の今まで待っていてくれたのだろうか。我が弟ながら、いい奴だな。頬が緩むのを感じる。

「……すまん。エレベーターが故障して、終電に間に合わなかったんだ」

伊織は嘘をつくのが苦手だ。だからきちんと、本当のことを言った。

『そうなんだ。たいへんだったな』

「まあな。でも、俺が原因だから」

『兄貴が原因？　……なあ』

隼人の声にいぶかしげな響きが混じる。

『そこ、どこ？　なんか、人がいるみたいなんだけど。水音がする』

キッチンでは貴船が、茶碗《ちゃわん》を洗っていた。

「ああ。会社近くの人の家に泊めてもらっている」

『あのさ。その人って、もしかして。兄貴の……恋人？』

伊織は思わず笑った。

「恋人じゃないよ」

そんなんじゃない。

「もう、切るぞ。おまえも寝ろ。悪かったな」

恋人じゃない。

ただ、今まで知らなかったくらいに、心地よいものをくれる男だ。

自分は、遊びでの恋、快楽が目的のつきあいをしたことが、一度もない。そんなに器用じゃない。だから、この男を愛さないようにするのは、難しいだろう。

この軽やかな男と別れるときは、とてつもなく、つらいことだろう。

せめて、覚悟だけはしておこう。未来なんてない、束の間のパートナーなのだと、ちゃんと肝に銘じていよう。


――恋人じゃないよ。

伊織は、誰にともなく、もう一度そうつぶやいた。

※※

一年前。初めてあなたと会った。

あなたに微笑んで欲しくて、ただそれだけで、僕はていねいに仕事をこなした。今までのように百パーセントではなく、それ以上に。

望みどおりに、あなたは僕に微笑みかけてくれた。

「貴船さん。素晴らしい。たいへんよくできています」

うちの社長からも褒められた。

「滝本物産の海外事業部な、おまえを名指ししてきたぞ。マーケティングで、いい仕事したみたいじゃないか。あそこの佐々木主任が推薦してくれたそうだ」

嬉しかった。本当に嬉しかった。

でも、あなたの部は、そうそううちと取引があるわけじゃない。あなたを見かけることがあっても、話をすることさえ不自然だ。

もっと笑いかけて欲しいのに。声を聞きたいのに。あなたといたいのに。

――俺のことをろくに知らないじゃないか。

そんなことはない。僕はあなたを知っている。

声を荒らげずいつも穏やかで、部下の具合が悪いと心配そうで、返事をしない清掃係の女性にも変わらず挨拶《あいさつ》する。雨の日には髪が湿気を含んでくせがつき、うっとうしそう。甘いものが意外と好き。それから、ホチキスを定位置にきちんと留めないと気が済まない。

だけど、一方的だ。

あなたは僕を「かつて仕事をした相手」としか知らないし、知ろうともしてくれない。まるで、テレビ画面の向こうの人を見つめているかのような、もどかしい日々。

あのときに比べれば、あなたが傍らにいる今、それだけで僕は酔い心地になる。

――恋人じゃないよ。

さきほどの電話であなたはそう言っていたけれど。いつかは必ず、僕のことを愛していると認めさせる。

だってあなたは、僕が生まれて初めて、恋い焦がれたひとだから。

佐々木隼人は、自宅前でバイクにまたがったところで母親から、薄いポリ袋一枚に包まれたタッパーを手渡された。

「何これ」

「肉じゃが。あの子、好きだから」

「ちょ……」

隼人は反論する。

「おい、ちょっと待てよ。俺に兄貴んちまでこれ持って行けって言うのかよ?」

「持ってとは言ってないわよ。そのデイパックに入れて、しょってけばいいでしょ。伊織に料理なんてできるわけないんだから。一人暮らしだとこういうものが食べたくなるのよ」

いいから届けてちょうだい。そう言って強引にデイパックのファスナーをあけられ、タッパーをつっこまれた。

「いってらっしゃーい。伊織によろしくね」

アクセルをあけてバイクを発進させる。肩ごしにちらりと振り返ると、手を振る母親の隣で、飼い犬の彦左衛門が尻尾を揺らしていた。

「ったく」

汁が漏れたらどうしてくれる。

ああ、いきなり俺が家に行ったら、兄貴はさぞかし驚くだろうな。それでもって、次の瞬間にはあのうっとりするような笑顔を向けてくれるに違いないんだ。それを想像するだけで楽しくなる。


「伊織さん、もうごはんができるけれど」

貴船の声がかけられる。気怠い、休日の朝。

もっと寝ていたかったが、伊織はむりやり目をあけてベッドに起き上がる。それからなおも悪戦苦闘していると、貴船がベッドに座ってそっと髪を撫でてきた。

「伊織さんは、意外と寝起きが悪いよね。なんだかこう、すっきりと起きそうな感じなのに」

伊織は必死に目をこすりながら言い訳する。

「いつもはそうなんだが」

目覚ましなんていらないくらいに、寝起きはいい。

「でも、ゆうべおまえが」

そこまで言ってから、耳が赤くなっていくのを感じた。

「ふうん。僕が？」

しまった。貴船が上機嫌で口元を緩めている。

「僕がどうしたの？　なに？　詳しく聞きたいなあ」

絶対に言うもんかと伊織は唇を噛みしめる。

「ねえ、伊織さん。どんなところがお気に召しました？　喉の奥まで咥えてあげたところ？　耳たぶを軽く噛みながら胸をいじってあげたところ？　それとも伊織さんの中の、すごく深くまで入れて動いてあげたところかな。ああ、その前の、もっと浅めの」

手元の枕を振り上げるが、彼はあっさりそれを奪い取った。

「ごめんね。伊織さん」

貴船は笑っていた。

「だって、わかりやすいんだもの。よければよかったほど、次の朝は怒りっぽいんだから」

うっとりと目を細める。

「すごく、可愛かったよ」

三十一の男に向かって可愛いとか的外れなことをよくも平然と言えるものだ。

「ねえ、起きて。機嫌を直して、ごはんを食べよう」

そうして、貴船はかがみ込み、今日初めてのキスをしてきた。軽くて優しいキスだった。


慣れとは恐ろしいものだと伊織は思う。新人の頃、最初はどうなるかと思った仕事になじんでいったように、貴船が週末に訪れる生活が「普通」になりつつある。

休日ごとに泊まりに来て、貴船が料理を作って、伊織は形ばかりの手伝いをする。食事中には軽く飲みながらたわいない話をして。

それから。少しずつ、貴船が自分に触れてくる。最初は髪や背中や、腕に、ごくごく軽く。そうすることによって伊織の中にある無邪気な欲望が徐々に目を覚ますことを彼は心得ているのだ。

色ごとに関して貴船は、驚くほどのバリエーションを持っていた。優しく、甘く、ときには少し乱暴に。バスルームから出てまだ水がしたたっている状態でベッドに引き込まれたこともあったし、先に貴船が横になっていてもう寝たのかとがっかりしたところで腕を伸ばされたこともあった。経験値の少ない伊織など、彼の手の上でころがされるだけだ。そうして、最後にはあられもない声をあげ、あとで思い返すと髪をかきむしりたくなるような恥ずかしいことを言わされる。

それが、今の自分の週末の日常だ。

マンションの玄関ドアの内側で、貴船が伊織に確認する。

「いいですか、伊織さん。レタスは？」

「巻きが甘くてしゃりしゃりしている」

「キャベツは？」

「持ったときにずっしりしている」

買い物に伊織を送り出す貴船は、まるっきり信用していない体《てい》だった。

無理もない。

レタスとキャベツの区別がつかなかっただけではない。伊織は鷹《たか》の爪も知らなかったし、オイスターソースとウスターソースも取り違えた。そのたびに貴船は指摘はするが怒った様子はなく、むしろ「こういう間違いをするのか、斬新だな」と楽しんでいるようにさえ見えた。そして、変更があっても、ちゃんとおいしい食事を出してくる貴船を伊織は尊敬してしまう。

そういえば、と思い返せば、食料の買い出しに荷物持ちとして付き合ったことはあっても「自分で選んで」買ったことはほとんどない。妻は伊織が一度、買い物を間違ってからは任せることがなかった。

「……まあ、いいでしょう。行ってらっしゃい」

貴船に送り出されてドアをあける。とたんに手応えがあった。ごいん、と鈍い音が響く。

「たーっ！」

男の悲鳴にドア向こうを見る。

「隼人？」

弟がバイクのヘルメットを抱え、鼻を押さえてうずくまっていた。

「どうした、大丈夫か？」

タイミング悪くドアの直撃を受けたらしい。

「いってー。……兄貴？」

「うん？」

「その外人、誰？」

「外人……？」

ラフなシャツを着た貴船が玄関口にいる。しまったと思ったが、今さら隠せるはずもない。

「隼人。ここじゃなんだから、とにかく中に入れ」

「俺の質問に答えてねえ！」

弟をむりやり部屋に引きずり込む。

「で、誰なんだよ？」

隼人は行儀悪く貴船を指さしながら聞く。

「Hello, It's such a pleasure to meet you.」

何を思ったのか、貴船は見事な発音を披露して英語で挨拶をした。

「うわ、しゃべった」

伊織を盾にするように後ろに回った隼人の指が腕に食い込む。その様子を貴船がじっと見ていた。

「俺、英語わかんねえよ」

伊織は貴船を見る。彼はいつものように、正体の掴めない薄ら笑いを浮かべていた。

「貴船はハーフだが、国籍は日本だ」

「……英語、ぺらぺらだったぞ」

貴船が答えた。

「アメリカで育ったもので。ほかにスペイン語とフランス語とドイツ語と中国語もできますよ？」

隼人は、伊織の背から顔を出した。ドアの殴打で鼻先を赤くしたまま、じっと貴船をねめつけている。

なんだか気に入らないという顔だ。

「で、さ。改めて聞くけど、誰さん？」

「貴船笙一郎。うちの社に出入りしている翻訳会社の人だ」

「そうじゃなくて。どういう関係なのかって聞いてんだよ」

伊織は貴船に目で救いを求めた。だが、彼は伊織を見返すのみで口を開きはしなかった。むしろ「あなたはなんと答えるのですか」と問いたげでさえあった。

なんと答えたらいいのか。自分が教えて欲しいくらいだ。

週末ごとに来て。セックスして。だが、恋人ではない。次に来るかもわからない。

こういう関係を、世間ではなんと言ったか。適当な言葉があった気がするのだが。

伊織はしばらく考えていた。そしてなんとか絞り出した答えは……――

「……友達だ」

これだった。

「友達？」

弟が貴船を見る。当の貴船は顎をさわりながらつぶやいていた。

「友達、ねえ」

それから手を出した。

「佐々木さんの『友達』の貴船です」

反射的に握り返した隼人が「うっ？」とうめいて手を引っ込める。

「どうした？　静電気か？」

隼人は自分の手を見ていたが、伊織のシャツを引っ張った。

「なんだ？」

ぐいぐいとベランダ近くまで連れて行かれる。隼人は小声で伊織に告げた。

「兄貴。あいつ、変だぞ」

「変……？」

「手が、やたらつるつるしてて柔らかかった。きっとゲイだ」

ゲイ、ではないだろう。

「貴船は女性にまめな男だぞ」

「じゃあ、バイか？　どっちにせよ、あいつ、兄貴のこと狙ってるぜ。あんなのをうちに入れちゃだめだ」

「ああ……まあ……」

煮え切らない返事しかできずに視線を泳がせた兄を見て、弟は何かを悟ったのだろう。ぶるぶる震えだした。

「まさか、まさか」

隼人がいきなり近づいてきて、伊織の首筋の匂いをかぐ。

「なんだ？　くすぐったいぞ」

「あいつと同じ匂いがする」

「え」

伊織は台所のほうを見る。貴船は茶を入れるためだろう、ケトルで湯を沸かしていた。

「そ、そうか？」

　ぐらっと隼人が壁に手をついた。

「まさかと思うけど。よもやあり得ねえことだけど。こんなこと言った俺を軽蔑してくれてもいいんだけど」

　それから隼人は伊織に向き直った。目を見て問いかけてくる。

「兄ちゃん、あいつとデキてるのか？」

「う……」

「いや、いい！」

　曖昧《あいまい》な言葉の濁し方が返事の代わりになったらしい。弟は壁に背をもたせかけて、倒れるのを防いでいる。

「……嘘だろう……嘘……」

　隼人が取り乱すのも無理はない。この関係を受け入れるのには、自分だってかなり葛藤したものだ。

　はっと隼人が壁から身を離した。

「もしかして、そのせいで義姉《ねえ》さん、出てったのか？　正月にばれたのか？」

「いや、それは違うんだ。貴船とそういうことになったのは三月からで、まったく無関係だ」

「どうなってんだよ、義姉《ねえ》さんとは」

「離婚調停中だ」

「兄貴がごねてんの？」

「ごねているというか。理由が納得できない」

「離婚、してねえんだ。あいつがいるのに？」

あいつ。貴船がいるのに。

「違う。貴船は、そういう相手じゃない」

「伊織さん」

貴船が台所からこちらに声をかけてきた。

「買い物、どうする？　僕が行ってもいいんだけど」

「あ、あ。すまない。行ってくる」

佐々木家では、食事はおいしく食べるものと決まっている。どんなに腹立たしいことがあっても、食べ物に罪はない。和やかに、談笑しつつ、いただく。しかし、その夜の食事はまるでお通夜のようだと伊織は思った。

　無言の貴船。そして弟。たまにちらちらと隼人の視線が自分と貴船の間を往復する。そのたびに、居心地の悪さに伊織の尻はむずむずした。

「母さんの肉じゃが、うまいな」

　言ってみるが、どこからも返事がない。

　それでも、貴船が作った豆腐の味噌汁と豚のショウガ焼き、グリーンサラダという定番メニューの味付けは隼人のお気に召したらしく、無言で自ら白飯をおかわりしに行ったので、少しだけほっとする。

「本当に泊まっていくのか？」

　伊織は隼人に確認した。

「ああ。言っとくけどな。さっき兄貴が風呂に入ってるときにビール飲んじまったから、もうバイクに乗れないぞ」

「……しかたないな」

　客用の布団を和室に二組敷いて横になった。貴船はベッドルームを使っているが、帰せばよかったのだと伊織は今になって気がついた。

「なあ、兄貴」

「……うん？」

呼びかけられて目をあける。隣の布団では常夜灯に照らされて、こちらを見ている弟の姿があった。つぶらな瞳。くるくるした髪。

弟は小声で聞いてきた。

「駐車場にバイク、とめさせてもらったんだけど、かまわねえよな？」

「ああ。ずっとあいているんだ」

正月に、実家に車で行った。そこから妻はその車に乗って出て行き、帰ってこなかった。

しばらく黙っていた隼人だったが、次に言葉を発したときには核心を突いてきた。

「兄貴はさ、あいつのこと、好きなの？」

「どうだろう……」

「どうだろうって、自分のことだろ？」

貴船の作る料理、貴船といる空間、貴船とするセックス。それらを好ましく思っているのは事実だ。止められない。

だから、せめて。

「あいつを好きにならないように、注意はしている」

「なんで？」

「あいつは女性に、すごくもてるんだ」

「まあ、そうだろうな。ちゃらちゃらしてるけど、そういうの好きだよな、女って」

「次の、誰かができるまでの繋ぎだ、俺は」

「ちょ、兄貴！」

弟は起き上がっている。

「なんだよ、それ！　そんないい加減な奴なのかよ！」

伊織は唇に指を当てて彼を布団に戻した。

「そんな奴となんでつきあってんだよ。家に入れるなよ」

「そうだな」

むきになる弟の姿に唇がほころんでしまうのは、ついこの間までの自分と重なるからか。

「俺も、あいつとは別れようとしたんだ。でも、無理だ」

「なんで？」

「……」

「兄貴が言いづらいなら、俺から言ってやろうか？　もう近づくなってさ」

「……そうじゃない……。別れたくても、俺の身体が、あいつから、離れられない」

弟がたじろぐ。

「え、何。セックスがいいってこと？」

「まあ、そうだな」

隼人が忍び笑いを漏らす。

「なーんだ、それ。どっかのエロマンガかよ？」

「……」

笑いが消えた。

「マジで？」

「ああ。俺は、指一本でいいようにされてしまう。逆らえない」

「……ったく」

隼人が舌打ちした。

「あいつ、ほんと、いけすかねえ野郎だぜ。でもさ、兄貴には似合わねえよ。らしくねえ。ようはセフレってことだろ」

「セフレ……」

「セックス・フレンド。身体だけの割り切ったおつきあい」

その言葉を知らなかったわけではない。ただ、自分とは無縁の単語だと思いこんでいたのに、まさしくそんな関係なのだと気づかされて衝撃だったのだ。

「確かにそうなのかもしれないが……。隼人……？」

弟のほうを向くが、彼はすやすやと寝息をたてていた。

ついさっきまで話していたのに、いきなりだ。布団をかけ直してやりながら、幼い寝顔に頬が緩む。

弟とは十一歳、歳が離れている。

ずっと兄弟がおらず一人っ子だった自分に、いきなりやってきた賑《にぎ》やかな存在、それが隼人だった。あんなに小さかったのに。自分に意見するようになるなんて。

おまえの言うとおりだな。俺らしくない。こんな関係は。


しのびやかに、指が、パジャマから出ている伊織の首筋を撫で上げた。

ぱちんと音がしそうに、まず目を覚ましたのはくすぶっていた欲望で。それは、じつにあさましく嬉しげに、皮膚をすべる指先に応えた。

「ふ……う……っ」

自分の声に驚いて芯の部分が覚醒する。

シャツ姿の貴船が覆い被さっていた。

すうっと貴船の手が頬を撫でた。唇が重なる。発熱時の悪寒にも似たエクスタシーの兆しが、血管を流れていく。

伊織は顔を背け、彼の手を払った。

「何をするんだ」

貴船は傷ついたように見下ろしている。悪いのは貴船だろう。そんな顔をすることはないだろうに。伊織が罪悪感を覚えるほど、彼の表情には失望の色があった。

「いやなんですか?」

「当たり前だ」

「そう」

彼は伊織の返事を聞いていないかのようだった。

貴船の指は、パジャマのボタンを外しにかかっている。彼からは匂いがしていた。

伊織の中にある淫蕩な部分が、焦がれてやまない匂いだ。香水と彼自身と、さらには欲望の滲んだ匂い。

でも。

「よせ！」

今日ばかりは屈するわけにはいかなかった。

隣には弟がいるのだ。

ことが始まってしまえば自分を抑えることが難しいことは貴船と何度も共寝してわかっている。揉み合うが、ボタンの外された胸元に口づけられれば、この前なぶられた胸の突起が貴船の舌先を恋しがって勝手に血を集めて尖り出す。

この男の指が、もう少し脇にすべってきたら。舌が、胸の先を舐めたら。もう、あらがえない。欲望以外は、すべて押し流され、我を忘れて快楽に溺れるだろう。

どっと全身から汗が噴き出た。

「隼人……！」

隣で眠る弟の名を呼び、助けを求めた。

貴船の淡い色の目が、すうっと細められた。

「無粋な人だ。僕の腕の中で、ほかの男の名を呼ぶなんて」

貴船の声が、低く響く。彼が笑う。唇がほんの少し角度を変え、彼の中の感情をあらわにする。

この角度は知らない。

なんだろう。怒っている？　いや、拗《す》ねているのか？　どうして？　誰に？

「どっちがいいですか。ここか、それとも、ベッドルーム？」

選ばせてあげると貴船は言ったけれど、拒む権利は、はなから与えてくれはしなかった。


ベッドの上で伊織は、せめてもの抵抗とばかりに身を伏せた。

傍らでシャツを脱いでいる貴船が、伊織に問いかける。

「感じやすい敏感な身体を持っていて、僕と楽しむことはあなたにとって罪悪なの？　そんなに悪いことなの？　いつも朝には、懺悔《ざんげ》室の修道女みたいな顔をしている」

でもね、と彼は続ける。

「知ってる？　伊織さん。背徳感に悩んでいるあなたの姿は、とても色っぽいんだよ。そんなあなたが陥落していくのを見るのは最高に楽しいんだ。こうされると嬉しいでしょう？」

貴船が背中に、パジャマの上から口づけた。

伊織は、彼の自信たっぷりな様子が気にくわなかった。貴船は自分のセックスが伊織をどんなにするか、わかっている。だからこそ、さっき弟の名前を呼んだときのような脅しをかけてくるのだ。

「ねえ、伊織さん。こっちを向いて。……そのままでいいって？　しかたないね。じゃあ、僕と競争しよう。いつまで、こらえられるのか、試してあげる。ここ、覚えてる？　僕が、最初に口づけたところ」

うなじに彼は唇をつける。温かな吐息がかかった。

「だいぶ髪が伸びたね。あの頃よりも」

次には髪を掻き上げて舌を使う。ふっと伊織の息が漏れた。貴船の舌が耳の後ろを優しくくすぐりながら攻め立てる。彼の舌の奏でる淫靡《いんび》な音が、耳に響く。

貴船が声を吹き込んでくる。

「どうして伊織さんはそんなに強情なの。ベッドでぐらい、もっと素直になってもいいでしょう。僕ほどあなたの身体をよく知っている人間はいないのに。そう、ここの、腰骨のところとか」

手のひらがパジャマをくぐって腰の骨を掴んだ。小指から人差し指までが楽器を奏でるように繊細に動く。

「こうして撫でられると、たまらないでしょう？　ねえ、伊織さん」

パジャマの裾があげられた。貴船の舌が背骨の形をなぞる。伊織のうめきがくぐもり、枕に吸い込まれる。

貴船は焦らすのがうまかった。伊織の欲望をはかりながら、絶妙なラインで煽っていく。

ああ、もう……。

「こっち、向いて。伊織さん」

情けないことに、腰が砕けている。彼の手にうながされるまま、身体の向きを変える。

「お、まえは……」

出す声が震えている。

「おまえは、意地悪だ」

貴船は心外そうだった。

「意地悪？　そんなこと、ないでしょう。あなたには優しくしているつもりですよ。

これ以上ないくらいに」

「とっとと」

「え、なに？」

「俺のことなんて気にせずにとっととやればいいんだ、おまえのいいように」

伊織の悪態を貴船は目を見張って受け止め、それから笑いだした。

「何が、おかしい」

「最初にしたときにも、あなたはそう言っていましたよね。『とっとと終わらせてくれ』って。でもね、独りよがりのセックスなんて楽しくないんですよ、僕は」

「なんで」

「あなたを、もっと知りたいんです」

「どうして？」

「愛しているから」

伊織は黙る。芯が冷えるのを感じた。

この男は愛の言葉をこんなにも軽く言えるのだ。虚飾に彩られたたわごとなど耳にしたくもない。

「俺に、そんなことを言う必要はない」

「……」

貴船の、色素の薄い目。唇がほんの少しだけ、口角を下げる。

そんなにも自分は彼の機嫌を損ねることを言ったのだろうか。

「……そう」

彼から剣呑《けんのん》な気配が立ち上る。

「じゃあ、好きにさせてもらおうかな」

胸の突起を指先で撫でられ、吸い上げられ、声をあげた。

「やめ……」

渾身《こんしん》の力で退けた伊織に、貴船は微笑みかける。膝を持たれ、足を折り曲げられた。ようやく押し入るつもりなのだと思ったのに、彼はパジャマの下を脱がせることもせず、伊織の足先を口に入れた。

「あ……っ」

きれいな顔をしたこの男が、自分の右のかかとを持ち、足指をにこやかに舐めている。

手指の先が感じやすいのは知っていた。だが、足先にそんな場所があることを初めて知る。足の人差し指と中指が、舌でそっと押し開かれた。

「……っ！」

誰にもそんなことをされたことはない。想像さえしたことがない、快楽。

伊織の新しい官能を引き出したことに貴船は愉悦の笑みを漏らし、舌は緩く、足の指の間を這っては引き、這っては引いた。

「ああ……」

シーツを掴んだ。

はっきりと、感じた。自分の中の、制御できない淫蕩さが、暴れて、解放を望んでいる。

「き、ふね……」

伊織は彼に——そして、自分の中の彼に応じようとする淫らな部分に——屈服し、懇願する。

「もっとよくして」

貴船はひどく悪い顔をして伊織の足指を軽く噛んだ。それは痛みだった。確かに苦痛だった。それなのに、勝手に快楽に入れ替わり、伊織を悶えさせる。

「ふ、ああ」

足指の間を赤くて滑《すべ》らかな舌が這い回り、伊織の中の空洞を照らし出す。よくなればよくなるほど、はっきりとわかる、それ。

「ここを」

まだ着ているパジャマのズボンの上から下腹に手のひらを当てる。じくじくと焦がれて待ちわびる部分。

「ここを、貴船の形にして」

おまえでなくてはだめなんだ。埋めて、満たして。

貴船は伊織の足から手を離した。

ジェルをまとった指が伊織の中を掻き回している。身体の中がうねり、焦れったさに歯がみする。「もういいから」とうめく声が自分でも嫌になるほど甘い。

「ごめんね、伊織さん」

ささやく貴船の声ににじむ情欲が愛しい。

「今日は、優しくしてあげられないかもしれない」

「あ、あ」

貴船のペニスが押し入ってくるときに、伊織は自分の身体が歓喜の声をあげるのを聞いた。

こんなにいいものはないくらいに、好き。──

貴船の指も舌もペニスも。

──大好き。

貴船はごく浅いところで動いた。いつもより大量に入れられたジェルは内部を濡らすだけではなく、貴船が動くたびに音を立ててこぼれ、内腿をつたうほどになっている。粘い、ぐちゅぐちゅという抽送の音が大きく響く。

「伊織さん……！」

──弟に聞こえてしまったらどうしよう。

羞恥に身はすくんでいるのに、さきほど足指を噛まれたとき、痛みが快楽に変わったように、焦燥は陶酔をいや増した。

声を出すまいとすればするほど、だめだと思えば思うほど、官能は研ぎ澄まされ、貴船のわずかな動きにさえ敏感に反応してしまう。

「……ん……っ！」

奥深くに彼が押し入ってきた。身体が合わさる。弟は、自分から貴船の匂いがすると言っていた。それはそうだろう。こんなに密着したら。汗が混じり合ったら。そうならざるを得ない。

「ほかの誰かのことを、考えちゃ、いやだからね？」

貴船はそう言うと伊織の尻肉を掴み、さらに強く引き寄せた。

「は……っ」

この、深くに、強い性感を覚えるところがある。そこを刺激されながら、首筋を舐められ、身体がわなないた。

くくっと貴船が笑う。

「今の伊織さん、すごかった。もうちょっとで持っていかれそうになっちゃった。まだ、あなたを味わいつくしていないのにね」

唇にキスを落とされる。

「油断ならない身体だ」

ねえ伊織さん、と彼が小声で提案する。

「動いてみてよ」

「は？」

彼は、何を言っているんだ？

「だって、もう、何度もしているでしょう？　だから、わかると思うんだ。いいところがどこか、どうすれば満足してくれるのか、教えて？」

「そんな……」

そんなことはできないと、続けようとしたのに、貴船は声を低めて切り返す。

「僕の好きにしていいと言ったのは伊織さんでしょう？」

あれはそういう意味じゃない。だけど、覗き込んできた彼の目があまりに真剣だったので。笑ったりからかったりなどしていなかったので。

おずおずと腰をくねらせ、その場所を探し当てようと試みる。足を、もっと開いて。腰を、突き上げて。貴船が届く、ぎりぎり。

「ふ……っ」

自分で、いいところを見つけ出していく。与えられるのではなく、奪いに行く。

「……ここが、好きなんだ？」

貴船は言うと、伊織の上半身を起こしてヘッドボードにもたせかけた。膝を掬い上げて折り曲げ、まさしくその場所を、望む角度で押し上げてくる。

「ああ……」

とろける。よすぎて。とろとろに溶けて、思考などはどこかに行って、ただ触感と悦楽だけの、下等ないきものになりさがる。

断続的に声が出る。

「あ、あ、あ……っ」

貴船の息づかいも荒い。

最奥で感じる彼のペニスは限界まで大きくなり、今にもはち切れそうだ。もう達してもいい頃合いなのに、まだこらえている。

長引く快楽を持て余し、伊織は自分の性器に手を伸ばした。しかし、貴船に両手首を掴まれ背後に回される。そうすると胸は自然と突き出る形になる。小さな乳首がつんと立ち上がっている胸に、貴船がむしゃぶりついてきた。

胸の突起もその周りも舐め尽くされて、彼の髪が鎖骨をすべっていって、たまらずに、うわずった、高い、声をあげた。

「――ああっ！」

自分の声帯が一度も出したことのない高さだった。声は、止まらない。

「貴船、貴船……っ！」

快楽は楽しさや嬉しさを通り越し、恐ろしいまでに極まっていた。知らない高みに連れて行かれて、足がすくむ。

「僕の腕を掴んでいいから。血が滲むまで、爪を立てても、かまわないから」

貴船の声にも余裕がなくなっていた。この絶頂からどこに連れて行かれるのか、伊織は知らない。

いつも不思議だった。受け入れているのはただ一カ所だ。にもかかわらず、足の先から頭のてっぺんまで、どこもかしこも貴船でいっぱいになってしまう。

「貴船……！」

ここまで連れてきたのは貴船なのに、すがる相手も貴船しかいない。

貴船の雄がさらに体内で膨れあがる。ぐっと伊織の指先が彼の腕に食い込んだ。間違いなくこれは快楽だ。なのに、どうして苦痛とこんなに似ているんだろう。自分を粉々にしてしまいそうに感じるんだろう。

貴船の欲望が、伊織の絶頂と同時に、爆《は》ぜた。

「……っ！」

落ちる、と思った。身体が知らない高度から突き落とされる。

「ああ……」

呼吸をするたびに喘ぎが口から漏れる。もう頂点を味わった身体なのに、余韻が散らない。

ねえ、と貴船はまだ呼吸の整わない伊織にささやきかけてきた。

「よかったですか？　とても？」

伊織さん、と彼は続ける。

「あなたは僕につれないけれど、あなたの身体は、どこもかしこも僕のことが好きだよね。大好きだよね」

そう言ってまぶたに触れた貴船の唇は、なぜだろう、ほんの少しだけ震えていた。


朝の気怠さはゆうべの情事の名残だ。まだ目が覚めきらないまま、伊織は水を求めて台所に赴く。

貴船がいた。

「コーヒー？　水？」

「ん、まずは、水を」

そう言ってダイニングのテーブルにつくが、玄関口にバイクのヘルメットを持ち、デイパックを背負って所在なげに立っている弟の姿に、顔色が変わるのをはっきりと感じた。

「おはよう、兄貴」

「隼人……」

そうだ、昨夜は隼人が泊まったのだった。

弟は、なんとも複雑な顔をしている。伊織もうまく口が利けない。貴船ばかりが上機嫌だ。

「弟さん、もう帰られるそうですよ。今日はバイトがあるからって」

「……」

テーブルに突っ伏してしまいたかった。

ゆうべの閨《ねや》でのあれこれを聞いていただろうか。聞こえないわけがない。だって、自分は。追い上げられて高い声をあげた。弟の存在さえ忘れて……。

「なに、また、伊織さんの一人反省会？」

貴船は水を置くと、おもしろそうにこちらを覗き込んでいる。

「いい加減、無駄だってわかってもよさそうなものなのに」

そんなわけには、いかない。いつだって男とこんなことをして愉しんでいる自分へのうしろめたさはつきまとう。

「僕は、後悔なんてしたことないけれど。一度も」

そうだろうとも。おまえは俺とこうなった最初から、一度たりとも迷ったり悩んだりしていなかった。手を伸ばして、掴んで、俺を引きずってきた。こんなところまで。

そのくせ、勝手についてきたとでも言いたげに、不遜で傲慢だ。

ゆうべ、キスを退けたときに、貴船の傷ついた顔を見た気がした。幼く拗ねているように思えて胸が痛んだ。一瞬だけれど。

きっと、あれは幻だ。こいつがそんなデリケートな神経の持ち主なわけがない。

「あのさ、俺、もう行くけど」

隼人が言った。貴船が伊織を促す。

「送って行ってあげたらいいよ、伊織さん」

休日の朝。人通りのない歩道を隼人はバイクを押し、伊織は並んで歩いた。太陽の光が心地よい。街路樹は浅い緑に彩られ、最良の季節、最高の朝だ。だが、しかし。

気まずい。

とにかく気まずい。

「あ。あの」

「兄貴さ」

二人して同時に話し出してしまい、はっと言葉を引っ込める。

「隼人。なんだ？」

「いやいや、そっちから言えよ。俺は客なんだから」

よくわからない理屈をこねられて、しかたなく伊織は話を切り出す。

「ゆうべ、聞こえたか？」

「ああ、まあな」

「どこらへんから？」

「俺の名前を呼んだあたりから」

めまいがしそうだ。

「なんで、止めてくれなかったんだ」

名前を、呼んだのに。

「止めろって言われてもな……犬だって交尾しているときに離すと噛みつくってじいちゃんに言われたぞ」

「犬と一緒か？」

「それに、いやがってなかったじゃん」

それを言われてしまうと反論できない。

「あのさあ、兄貴は、あいつに遊ばれてると思ってるわけ？」

「それしか説明がつかない」

「説明……。説明か……。うーん……。俺はあいつのこと大っ嫌いだし、兄貴にたかるハエぐらいにしか思ってねえし、早く別れりゃ嬉しいけどさー……あいつが兄貴のこと『伊織さん』って呼ぶじゃん。それとか聞いてるとさ……」

弟の言葉は歯切れが悪い。

「何が言いたい？」

「案外……いや、違うのかな……外人だしな……」

「だから貴船は日本人だと」

「ま、いっか！」

隼人は急に大声を出すと歩くのをやめ、バイクのスタンドを立ててヘルメットをかぶり直した。

「兄貴、ここでいいよ」

「そうか」

「たまにはこっちにも帰ってこいよな。彦左衛門もいいトシだし」

「わかった」

弟はバイクのエンジンをかけた。

じゃあ、と左手で挨拶をすると走り去っていく。伊織は彼の後ろ姿が見えなくなるまでそこにいた。

賑やかで、騒がしくて、温かい、俺の弟。今朝はどんなにか俺に会わずに帰りたかったろうに、ちゃんと待っていてくれた。本当におまえはいい奴だな。

「ただいま」

家に帰ると、貴船に迎えられた。

「お帰りなさい」

彼に、抱き寄せられ、添う。重なった身体のぬくみが心地よい。互いの心臓の音が響きあう。

弟に好きなのかと問われて違うと言い切れなかった。

「貴船」

「なに？」

「……なんでもない」

もう来るな、と言おうとしたのに唇は紡ぐことを拒んだ。

「おまえは、気持ちいいな」

「そう？」

彼は機嫌よく伊織の身体に手を回してくれる。今こうして抱きしめられているのにもかかわらず、この感触がひどく懐かしかった。まるですでに失ったもののように感じられた。

「貴船、欲しいものはあるか？　来週、おまえが来るまでに用意しておく」

「そうだね。……じゃあ」

彼は声を低める。

「僕のことを、好きになってくれる？」

「……」

貴船はやはり意地が悪い。

こんなに優しくして、甘やかして、この身体を自分のものにして。さらには心まで持って行こうとする。

どうせすぐに飽きて打ち捨てるくせに。

伊織は、初めて彼に心底から怒りを覚えた。ひどい男だと思った。

「それは、できない」

「……」

まだ彼は伊織の身体を抱きしめている。ただ少し温度が下がった気がする。

そのままこの身体を離せばいい。出て行けばいい。おまえから、終わりにしようと言ってくれれば。そうしたら。今なら離れられる。

貴船のことを好きになど、なりたくない。だが、身体と心を切り離すことはひどく難しい。どうしても引きずられてしまう。

この、誰にでも愛をささやく男に、溺れたくなどないのに。

指先まで、1分

翻訳会社「大島トランスレーション」は、白い瀟洒《しょうしゃ》なビルのワンフロアを借り切っている。決まったデスクはなく、社長といえども、出社したら、あいたデスクに座るのがこの会社の流儀だ。

ビルは表通りに面した一方が全面ガラス張りになっており、UVカットガラスとはいえブラインドもないために、日差しが強くなる六月以降は誰も窓際の席に座りたがらない。

また、この会社では残業をするのは能力のない人間という、外資的な風潮がある。なので、貴船は金曜日になれば定時きっかりに上がり、近くにある自宅でいったん着替えて伊織の家を訪れるのが常だった。

当然、今日もそのつもりで、日本語のマニュアルをフランス語に翻訳し終わりチェックに回したところで、肩に手をかけられた。

「今日、行けるよね。六本木《ろっぽんぎ》」

短い髪に、派手な黄色のシャツ、象が散らばっている柄のネクタイ。丸眼鏡に顎鬚《あごひげ》をたくわえた、小太りのうさんくさいこの男こそが、大島トランスレーションの社長、大島だった。

「松沢《まつざわ》コンサルティングと合コン……でしたっけ？」

「そうそう」

「お断りしたはずですが」

「つれないなあ。最近、ずっとご無沙汰じゃないの」

「用事がありますので」

「ふーむ……」

社長はいきなり貴船の手を取った。ほう、と感嘆の声をあげる。

貴船の爪は、やすりで形を整え甘皮の処理をしたあと、ていねいに磨き、専用のオイルで手入れされている。

「きれいにしてるじゃない」

男に手を握られる趣味はない。貴船は失礼にならない程度にふりほどいた。

「また入念に磨いちゃって。今度はずいぶん長いんじゃないの」

「あなたには関係ないでしょう」

貴船の氷のような声にかまうことなく、社長は両手を合わせておおげさに拝んできた。

「なあ、ちょっとでいいからさ。俺の顔を立ててくれよ。おまえがいると場が盛り上がるんだって。顔がいいと得だねえ」

「勘弁して下さい」

うんざりして話を終わらせようとする貴船に、彼は声をひそめた。

「おまえが欲しがってた例のものが手に入りそうなんだけど」

貴船は大島の顔をじっと見る。

「本当だって。あの年のヴィンテージは滅多に出回らないの、知ってるだろ？　系列店から回してもらうから、まだ時間はかかりそうだけど」

「……しかたないですね」

貴船は携帯を取りだした。

「ちょっと連絡してきます」

滝本物産のデスクで、伊織は貴船から連絡を受けた。

『僕です』

「ああ」

彼が勤務時間に電話をかけてきたのは初めてだった。

「どうした？　何かあったのか？」

よほどのことが起こったのかと少し緊張する。

『申し訳ないんですが、終業後の誘いを、どうしても断れなくて。伺うのが遅くなりそうなんです。夕食は召し上がっていて下さい』

そんなことかと安堵する。

「ああ、かまわない」

『ちゃんと食べるんですよ？』

「わかっている。それだけか？」

『それだけです』

「メールでもよかったのに」

『あなたの声が、聞きたかったんですよ』

それだけ言うと、電話は切れた。

――あなたの声が、聞きたかったんですよ。

まったく。よく、さらりとそんなことを言えるものだ。言われて嬉しくないことはないのだが、自分には決して口にできないセリフだ。

「佐々木主任」

部下の女性に指摘される。

「どうされたんですか。顔が赤いですよ。また風邪でも……」

「いや、平気だ」

そう言いながらも頬に手を当てると熱を感じる。


金曜の夜に一人きりなのは、久しぶりだ。

伊織は、スーパーマーケットで熟考したあげく、レタスとパスタソースを買って帰った。ドレッシングとパスタは買い置きがあったはずだ。自分が貴船のアドバイスがなくても作れるものといったら、それぐらいだろう。何が作れて何が作れないか、わかるようになっただけでも進歩と言える。

誰もいない部屋に帰り、明かりをつける。

手短にシャワーを浴びてから、パスタを茹《ゆ》でてレタスをちぎり、簡単な夕食にする。あまりに物音がしないのでテレビをつけて、特に興味があるでもないバラエティ番組を見ながら食べた。

貴船がいたら、こんな気持ちにならないのにと伊織は思う。

彼は最近、シャツが汚れるのがいやだからと伊織の部屋にエプロンを持ち込んでいる。黒くシンプルで、紐《ひも》を一周させて腰の前で結ぶタイプだ。それをつけて玄関先で出迎えてくれる。帰る時間はメールしてあるので、部屋の中からは夕食の匂いがしている。

たいていは伊織が好きな和食。ただ、納豆だけは断固として食卓に上《のぼ》らせることを拒否されている。なんでも、彼のアメリカ人の母親の作った納豆料理がたいへんに恐ろしいものだったそうで、そのため、いまだに納豆は苦手だという。ブルーチーズは平気で口にするくせに、おかしな男だ。

食事どきに伊織が話すのは、いつだってささいな、取るに足りないことだ。

ベランダに小さな蜘蛛がいたことや、会社の搬入口にツバメが巣を作ったこと、うっとうしい梅雨のせいで髪がまとまらないこと。それでも、貴船がきちんと聞いてくれるので、気がつけば様々なことを彼に報告しているのだった。実際のところ伊織は、日々起こる小さな驚きに遭遇するたびに、週末、貴船にそれを話すのを楽しみにするようになっていた。

貴船の話は伊織とは対照的になかなか波瀾万丈《はらんばんじょう》だった。両親がアメリカでどうやって出会ったか、父親が亡くなったあとの母親の作った料理の破壊力。そしてそのとき助けてくれたのが、それまでよそよそしいと感じていた日本人コミュニティの人たちで、控えめで、いざというときには力になってくれる日本人の良さを感じたこと。

だが、今、貴船はいない。

人ひとりの存在はこんなに大きなものなのか。もちろん、妻が出て行ったあとも空虚さは感じたのだが、それとは違う。

貴船がいるべきところにいないということは、この部屋全体の空気を変えるほどの影響力を持っていた。

ああ、と、伊織は悟った。

――自分と妻はもう終わっていたのだ。

妻と去年のクリスマスをともに祝った。そして今年の正月に彼女は出て行き、戻らなかった。

自分たちの縁が切れたのは、その数日のことだと思っていた。違う。そうではない。

とっくに自分たちは終わっていて、それが表面に出てきただけだったのだ。それはたぶん、どちらが悪いというものではないのだろう。

お互いがお互いを型にはめようとし、自分の形を譲らなかったからだ。妻も、そして自分も。

恋人でいた間は個と個でよかった。互いの形を保ち続けていられた。しかし、一緒に暮らしていく夫婦になるためには、何かをあきらめ、譲り、さらには歩み寄っていかなくてはならなかったのだ。

伊織は日本酒の四合瓶を冷蔵庫から取り出すとコップについだ。冷やのまま、口にする。

貴船は今頃どうしているだろう。

大島トランスレーションは親睦のために、しょっちゅう合コンをしているのだと聞いている。貴船は今夜の詳細は口にしなかったが、きっとそれだろう。

彼のことだ。さぞかし、ちやほやされているのに違いない。

もしかしたら。

彼は、もう来ないかもしれない。この部屋の冷えた空気は二度と暖まらないかもしれない。おかしなことではない。彼はそういった恋愛を繰り返してきた男だ。そして、自分にはそれを止める権利がない。

人は変えられない。

遅刻を繰り返す者は何度注意しても遅れてくるし、得意先の顔を忘れる者は決して覚えない、経理の苦手な者はそのたび指摘しても計算ミスをする。

貴船もまた、今までと同じように恋愛を繰り返していくのだろう。なんで自分に手を出したのか。それだけがよくわからない。唯一考えつくのは「物珍しかったから」。

女性を魅了する手管が男にも通じるか、試してみたくなったのだ、きっと。不慣れな身体を、こじあけて、慣らして、とろかして。

そうして飽きたら、終わらせる。

三ヶ月。

三ヶ月、経ったのだ。彼とつきあいだしてから。

二ヶ月ごとに彼女が替わると言われる貴船にしてみれば、この関係はそろそろ賞味期限切れだろう。

今しも、誰かと新しい関係を始めているのかもしれない。貴船が女性に不自由しない男であることは、自分が一番よく知っている。

彼は決していやなことをしない。待つことができる。様々な撫で方を心得ている。優しくも野蛮にもなれる。

それから。

そのときのことを思い出すと身がわななく。

いいところ。こんな関係にならなければ知らなかっただろう、身体の奥深くをあやまたず射貫かれて訪れる、息ができなくなるほどのエクスタシー。

終わった後、快楽の波が引いていくとき。力なく横たわる自分の上から、気遣うように覗き込んで重ねられる唇の安堵。

——ようはセフレってことだろ。

弟にはそう言われた。そんなふうに呼んでしまうことには抵抗がある。

けれど。

それ以外のなにものでもない、空疎で脆《もろ》い関係。

――らしくねえ。

まったくだ。

こんな、その場限りの関係を結ぶことには向いていない。拾ってきた犬は今でも実家で飼っている。初めてつきあった彼女とは結婚した。小学校からの友人とは毎年会っているし、恩師とは年賀状のやりとりをしている。

情が深いと誰かに言われた気がするが、そのとおりなのだろう。

あんな、強引なやり方で始まったというのに、貴船に抱きしめられるだけでは飽き足らなくなっている。抱きしめ返したい、という強い欲求を覚え始めている。

好きだと告げれば、貴船はきっと嬉しく思ってくれるだろう。それを疑ってはいない。しかし、いつの日か――きっと近いうちに――伸ばした手をふりほどかれるときが来る。そのとき、冷静でいられる自信がない。

肩をそっと揺すられる。

「伊織さん」

「ん……？」

伊織は目をあける。ダイニングテーブルに突っ伏していた。少しの間、眠ってしまっていたらしい。

「だめだよ、こんなところで寝ちゃ。風邪を引く」

貴船が覗き込んでいる。彼はスーツを着ていた。

「合コンは終わったのか？」

「ああ、まあ。僕は行きたくなかったんだけど、社長が強引で。二次会にも誘われたんですけど、辞退してきました。もう、義務は果たしましたからね」

「遠慮せずに、行けばよかったのに」

言ってしまってから、こんな棘《とげ》のある言葉を、と思ったのだが、さらに重ねていた。

「おまえが来なくても、気にしたりしない」

貴船があっけにとられたようにこちらを見ている。

ああ、なんで、こんなことを。酔っているんだろうか。貴船が怒って、本当に帰ってしまったら、どうしよう。

と、彼は、吹き出した。

「え……？」

何か、おかしなことを言っただろうか。なんで貴船は笑っている？

「伊織さん、あなた、なに？　もしかして、妬いてくれているの？」

「妬いて……？」

妬く。嫉妬。ジェラシー。

貴船がたまらないというように、椅子の背後からぎゅっと伊織を抱きしめる。

「嬉しいなあ。初めてだよね。そんなふうに言ってくれたの」

伊織は激しい衝撃を受けていた。嫉妬した。自分が、貴船に？

いや、違う。これは。これは。

テーブルの上には買い物袋が置いてあった。高級スーパーの名前が印刷してある。

「何を買ってきたんだ？」

話を早くそらしたいあまり、伊織は貴船をふりほどいて立ち上がると買い物袋の中を覗いた。

生クリーム。それから、青と赤の模様のある白い袋。表面に書いてあるのはフランス語だろうか。

「あさっての日曜日は、伊織さんの誕生日でしょう？」

言われてカレンダーを見る。

「ああ……」

そのとおりだった。すっかり忘れていた。

誕生日のことなど、話したことがあっただろうか。自分が貴船の誕生日がいつか、知らないのは確かだけれど。

「なにかプレゼントをしたくても、あなた、受け取ってくれそうにないですからね。ケーキを焼こうかと思って」

「ケーキ……？」

菓子も作れると言っていたのを聞いた気はする。

「わざわざ買ってこなくても、小麦粉くらいあったのに」

妻が買って、そのままになっていたはずだ。

「せっかくですから。ジェノワーズ、いわゆるスポンジケーキの出来は、小麦粉の質にかなり左右されるんですよ」

「そういうものなのか？」

「ごはんだってお米によって味が違うでしょう？」

「それはそうだが……」

もちろん、伊織自身はケーキを焼いたことなどない。

貴船は生クリームを冷蔵庫にしまうと、スーツの上着を脱いだ。そういえば、この部屋で初めてスーツ姿の彼を見る。

まるで、彼がここから出勤して帰ってきたかのような錯覚を覚える。そうだったらいいのに、と、奥を疼かせた願いはしまい込む。

貴船の手が伸びてきて、親指の腹が伊織の頬を撫でた。いとおしげに。

次にはその指が顎に回り、引き寄せられる。貴船の唇が親愛を示して触れる。

「貴船？」

「あなた、キス、したそうな顔をしていたから」

そうして次にされた口づけは、唇の狭間から侵入し、欲望を伝えてきた。

伊織は、それに応えた。

舌を迎える。絡ませる。

あまりに長い口づけに息が苦しくなった頃に、唇は離れた。

貴船の指は伊織の髪に差し入れられている。

「伊織さん。シャワー、浴びたの？　まだ湿ってる」

「あ？　ああ。メシを作る前に」

「そう。じゃあ……」

彼は実に嬉しそうに言った。

「どこを舐めても大丈夫だね」

「……！」

かっと伊織の全身が熱くなる。

この男は、なんてことを言うんだろう。

「可愛いな、伊織さんは。いい加減、慣れてもよさそうなものなのに」

「おまえが変なことばかり言うからだ！」

うつむいた顔がほてっている。

「そうかも」

貴船の指が伊織の髪をまたもてあそぶ。

「あなたを恥ずかしがらせるの、僕、大好きなんです。固く閉じているあなたが、自らの熱で開いて、柔らかく溶けていく」

貴船は片手でチノパンの上から伊織の腰を、もう片方で背を抱いた。

「そうして、いい匂いをさせて僕を誘うんです。食べて欲しいって」

背中の中心、骨の節を、ひとつひとつ念入りに確かめるように、指は上へ緩慢に動いていく。そうしてたどりついた先、首筋をそろりと撫で上げられ、肌が粟立《あわだ》った。

「は……っ」

上擦った声を出してしまい、さらに赤面してしまう。

「……貴船……」

「なに？　伊織さん」

彼はご機嫌で伊織の髪に鼻先を埋《うず》めている。

貴船はまだ外の気配、湿った空気と汗ばんだ匂いをまとっていた。そこに混じる彼の香水と、それから……――ほかの誰かの匂い。女性が彼の隣、触れるほどの近くにいた。それを思うとわき上がる、黒々とした、理不尽な腹立たしさ。

それと同じくらい強く起こる、彼への欲求。

「その」

どう言えばいいのか。こんなことは初めてでわからない。

「ベッドに、行かないか？」

貴船から返事がない。

「……？」

彼の顔を見ると、いまだかつて見たことのない表情をしていた。

戸惑い――

伊織の発言は彼を困惑させていた。

「え、あの」

だって彼はいつも強引に伊織をベッドに引きずり込んで。セックスに関して積極的だったから。断られるとは思っていなかった。

ああ、もしかして。

彼は自分から仕掛けるのはいいけれど、逆は好きじゃないのかもしれない。

「あ、あの。すまない。言ってみただけなんだ。気にしないでくれ」

「……伊織さん。念のために聞いてもいいですか？」

「なんだ？」

「今のは色よいお誘い、と、とってもいいのかな。眠いから、ではなく」

いくら自分がこの手のことに通じていないとはいえ。それはあんまりなのではないか。

「だってしょうがないでしょう？」

ベッドで、貴船は伊織のシャツを脱がせながら言い訳をする。

「今までやだやだばっかり言って、僕をさんざん手こずらせていた人が、いきなりしおらしく誘いかけてくれるなんて思いもしないですよ。そのつもりでベッドまで行って寝られたら、つらいのはこっちだし」

そんなことがかつてあったんだろうかと、口にはしなかったが、心をかすめた。

「ねえ、伊織さん?」

さらされた素肌、肩口に彼は唇を寄せてくる。

「今日はずいぶんおとなしく言うことを聞いてくれるんですね。いったいどういった心境の変化?」

「いやがったほうがいいのか? ならば、リクエストにお応えするが。蹴るか、殴るか」

「そうじゃないけど……。素直すぎて、恐い」

「恐いってなんだ」

「寂しかったんですか?」

そうかもしれない。

彼が胸元にキスするたびにすべる前髪が、さざめくような官能を伝える。伊織は思い切って手を伸ばし、彼の髪に触れてみる。細くて絹のような髪だった。

貴船が伊織の手を取ると指先に口づけた。にこやかに彼は言った。

「僕の髪が好き?」

そのまま指を咥えられる。手のひらを、腕の内側を、舌先がすべっていく。柔らかな舌の後を前髪が追う。

さらさらと音を立てて。

いたずらな貴船の指先が不意打ちのように伊織のペニスの先をくすぐった。声をあげて身体を起こす。

「ねえ、伊織さん」

彼は伊織の身体を抱きかかえるようにして腿の上に座らせた。伊織の足が彼の腰を挟む形になり、近く向き合う。

「なん……」

「伊織さん。僕のこと、好き?」

切ないほど真剣に、彼は伊織を見つめてくる。ここで好きだと言ってやれば、どんなに彼は喜ぶだろう。それを与えてやれないことが、こんなにもつらい。

彼の手を取った。その指に口づける。いつも自分を、奏でるかのように扱う、淫らで繊細な指。

「おまえの、指は好きだ」

まさしくその指で頬を軽くつつかれる。ささくれひとつなく、爪はつるりと磨き抜かれている。それは決してこちらを傷つけない、心地よいことしかしない。

「この指のどこがいいの？」

「おまえは、またそういうことを言う」

「だって、聞きたいんだもの。教えて？」

ねえ、と貴船に少しだけ耳たぶをかじられる。この男にかかると、かすかな痛みが甘い興奮に変わる。こんなふうにねだられるとむげにできない。

「おまえの指に、触れられると……」

「うん、触れられると？」

「ざわざわする。なんだろう、予感？　前兆？　みたいな」

皮膚の表面が目を覚ましていくあの感じをなんと呼べばいいのだろう。

「おまえのさわり方のせいだ」

だからいけないのだ。鋭敏な部分を貴船の指にかすめられると、もっともっとと願ってしまう。もっとちゃんとさわって。もっとよくして。

「ほかは？　ほかにも好きなところ」

「おまえの、唇」

貴船は口づけてくれた。唇が離れるときに、そっと彼の舌先が伊織の口の端を舐める。

「僕の舌は？　好き？」

「ああ」

おまえの舌で音を立てられると羞恥で身が縮まる思いがする。だけど、おまえがさっき言ったとおりなんだ。恥ずかしいくせに、いいんだ。どこまでも貪欲になっていくんだ。

おまえの身体で嫌いなところなんて、ひとつもない。

おまえが近くにいるだけで浮き立つ。言葉を交わすと上機嫌になる。触れられると絶頂の予感におののく。

貴船の舌が喉仏をくすぐるように通り過ぎ、鎖骨のくぼみに差し入れられた。

「あ、あ……」

自分というもの、今まで伊織が己の形だと信じていたもの、それらが溶けていってしまう。この男を感じるだけの、ただそれだけの器官になってしまう。

貴船の唇が伊織の胸の突起をついばんだ。柔らかい小さな果実を含むように、力を込めずに。と思うと、次には激しくむさぼられる。

「う、あ……！」

貴船の匂いが立ち上る。なんて扇情的なんだろう。自分に欲情している、熱い匂い。

彼の手にペニスの幹を握られて、くびれを人差し指で押し上げられて、先端を親指で割られた。

「……ん……！」

貴船の頭を抱き寄せて手の中に放つ。

「伊織さん」

じんわりと汗ばんだ身体に貴船の舌が這っている。今。たった今。達したばかりなのに。

物足りない。

「手でいくのと、僕のを中に入れて達するのでは、違う？」

「うん……」

もう何を言うのも、恥ずかしくない。羞恥はどこかへ行ってしまった。

「おまえに入れられると、嬉しくて、しかたなくなる」

「嬉しいんだ？」

貴船が頬に頬をすり寄せる。

「ああ」

大量に飲酒したかのような酩酊《めいてい》感。いや、もっとすごい。たぶん——経験はないけれど——、やばい薬を飲んだときみたいな、昂揚《こうよう》。

「ものすごく、幸せな気持ちになって。止まらない」

「そんなに?」

貴船の声は浮かれて、上擦っていた。

「……じゃあ、ね。幸せに、なっちゃう?」

「ねえ、伊織さん、さわって欲しいな。ゴムの上からで、いいから」

貴船はそう言って、差し出した伊織の手のひらにジェルを垂らした。彼がいつもしているように手の熱で温めてから、そっと貴船のペニスに触れる。すでに勃《た》ち上がっている彼のものは、手に余る質量を持っていて、どうしてこれを身体の中に入れることができるのか、わからないほどだった。

そっとペニスを握り込むと、温かくて脈動している。伊織がおずおずと不慣れな手つきでこすると貴船の呼吸が乱れて、ああ、これは彼の一部なのだと今さらの納得をする。

貴船は、自分の指にもジェルを垂らしていた。

かがみ込んだ彼の口元が、こめかみに触れる。背側から伊織の腰を押し上げるように、ぐっと指が押し入ってきた。

「あ……！」

「手を止めちゃ、いやだな。伊織さんの手、気持ちいいよ、すごく。感激してる。だって、初めて触れてくれたんだもの」

そう言われたので、体内の焦れったさに耐えて手をまた動かす。

不自然な体勢のせいか、貴船の指は、浅いところにしか届かず、もっと、と思ってしまう。

もっと自分の中の深いところに。確かな硬さを感じたい。

自分の手の中にある、これを入れたい。

ごくりと喉が鳴った。

貴船が片方の腿を上げたので伊織の身体が斜めにすべる。足を広げられ、ペニスの先端を押し当てられた。さきほど、自分が育てたものだ。

身体を割り入れて侵入してくる、彼の身体。

いいところまで進んできた貴船のペニスを、押しとどめようとするように伊織の体内が引き絞られる。

「うん。そこ、好きだよね」

ささやかれ、揺すられる。身体のその一点から陶酔が広がり、頭のてっぺんから足のつま先までを満たしていく。

「伊織さん、いやらしい顔、してる」

そう言われても、悦楽は隠しようがない。

「足、あげて」

「え……」

「伊織さん、絶対、気に入るよ。だって、僕の大好きなあなたの一番深くに、あなたの好きな僕のこれを入れるんだもの」

膝を掬われ、腰が落ちる。じりじりと進んでくる、貴船のもの。

「あ……っ」

自分の体重をかけて貴船を、一番奥まで飲み込んでいる。もうここより先は無理だと思うのに、貴船は伊織の背を抱きよせ、腰を回してさらに攻め込んできた。

「ああ……」

伊織の尻肉がひしゃげそうなくらいに二つの身体は密着している。貴船はもうほとんど動けない。なのに、ほんの少し、わずかに律動を感じただけで息が乱れて、あらぬことを口走りそうになる。

ぞろりと引き抜かれた。

「あ、や……！」

ぶるっと震える。大波のような絶頂が、もうすぐそこに来ている。

「待って。貴船。もうちょっと、待って」

「無理」

優しくむごい声が答えると、背中に回されていた手は腰に回り、激しく強い抽送に切り替わり、逃れようとそらした背は貴船の膝に阻まれ、ただ高い声をあげた。

伊織の足先が中途半端に空中を掻き、すがるものを求める指がむなしく彼の肩をすべる。

「どうしよう」

貴船の声が上擦っている。

「こうするたびに、あなたが愛しくてしかたなくなる。どうして、あなたみたいな人がいるんだ」

彼は、いつもの薄笑いではなく、半分泣いているような、みっともない顔をしていた。その、技巧ではない彼の表情に、狂おしいほどに内側の熱が高まっていく。

「あ……！」

彼の滑《なめ》らかな指先が腰肉に食い込むのを感じる。そこから奥まった部分までが通電したようにひりつき、頂点の訪れを予感する。

「貴船……」

まだ達したくない。この熱からさめたくない。ずっとこうしていたい。

でも。

「伊織さん……！」

体内で膨らみきった貴船のペニスが精を吐く。その衝撃は、はじける寸前の草の実に触れるように、伊織の絶頂を促した。白濁が全身の快楽を引きさらって噴き上げる。

「ああ……！」

昇りつめたその高さに、口走りそうになる。

貴船、俺もおまえを、と。

伊織は、眠りに落ちかけていた。

身体は拭かれて、パジャマは着せられたけれど、とにかく眠い。シャワーを浴びるのは明日でいい。

「もう寝ちゃった？　伊織さん」

隣に貴船がすべり込んできた。彼は、寝るときには服を着ない。

「そんな格好で、寒くないのか？」

「暑いくらいですよ」

湿った空気を追い出すためにエアコンの除湿を効かせているが、冷房はまだかけていない。

伊織は彼を抱きしめてやる。

「これで、寒くないだろう？」

「だから別に寒くは……」

言いかけた貴船が喉の奥で笑いを噛み殺す。

「ええ、気持ちいいです。とても暖かい」

「そうか。よかった」

「ねえ、伊織さん」

貴船は話しかけてきた。穏やかな声で。

「明日はケーキの台を焼きましょうね。よくさましておいて、それであさって、あなたの誕生日にはきれいに飾り付けるんです。生クリームと、それからなにがいいですか。洋梨を赤ワインで煮たのをのせてもいいけれど、やっぱり苺《いちご》が一番かな」

「うん……」

「ロウソクは、どうしましょう？　三十二本はちょっと難しいかも。ああ、でも、無理にのせればなんとかなると思うんです」

「あのな。見ててもいいか？」

「なにを？」

「ケーキが焼けるまで、オーブンを」

「いいですけれど。どうして？」

「べっとりした生地が膨らんでいくだろう？　あれは魔法なんじゃないかと思うんだ」

貴船が、毛布を肩まで掛けてくれる。

「魔法ですか？」

「うん」

「お母さんが作ったでしょう?」

「うちの母親は、そんなしゃれたものを作ったことはない」

「でも、奥さんがケーキを作ったことがあると言っていませんでしたか?」

「だって、なんだか、子供っぽいだろう?」

妻に笑われそうで、オーブンをまじまじと見ていたことはない。

なのに、貴船の前でならできる。許される気がする。

楽しみだ。

赤い苺と白いクリーム。貴船の作るものだ、きっとケーキはおいしいだろう。

食べたらなくなってしまうけれど。

和室の壁にかかったカレンダーに青いペンで丸をして予定を書き入れてある。

「家庭裁判所、午後二時」。

次の調停で話し合いは五回目になる。調停委員からは、復縁するにせよ離婚するにせよそろそろ結論を出すように迫られている。このまま物別れに終わったなら、妻は弁護士を立てて離婚訴訟を起こすだろう。

これ以上、先延ばしにするわけにはいかない。

決着をつけよう。
妻と向き合い、彼女の離婚の申し出に応じよう。そして、今度こそ貴船との関係を断ち切ろう。

でも、今は。今だけは。
貴船の匂い。貴船の声。貴船の手のひら。
大好きなそれらに包まれていたい。

手のひらまで、2分

家庭裁判所内の調停室に、伊織はいた。

ここは自分の会社、滝本物産の一番小さな会議室にそっくりだと、いつも思う。会議机のこちら側に自分、そして向こうに初老の男女一人ずつの調停委員がいる。彼らは書類を見ながら話しかけ、ときには離婚決断の説得を試みてくる。

だが今日はひとつ、いつもと大きく違うところがある。妻の和美《かずみ》が自分の隣にいることだ。かたくなに伊織と会うことを拒否していた妻だったが、今回の調停では伊織の懇願に応じてくれた。それは伊織が離婚に同意すると約束したからに他ならない。

殺風景な部屋。

最初に話し合ったときにはコートが必要だったのに、季節はもう夏を迎えていた。

妻の和美のほうを見て、伊織は言った。

「最後に、きみに直接会って、謝りたかったんだ」

どんなに疲れていても、彼女は食事を作り、家の中を快適に保ち続けていてくれた。

それがカウンセラーとして責任ある部署に異動した彼女にとっていかに労力を費やす

ことか、まったくわかっていなかった。正月、伊織の実家、佐々木の家で親戚の発したほんのちょっとした言葉、確か「早く子供を作れ」とか「働いているからできないんだ」とか、それを自分は酒の席のことと適当に流していた。

妻は、ずっと頑張って頑張って、こらえていた。あの日だって立ち働いていた。あのとき、和美の何かが、とうとうへし折れたのだ。疲労骨折のようにポキンと。

「気の利かない夫で、申し訳なかった。もっとちゃんと感謝するべきだった。それから、仕事でつらいことがたくさんあったきみに、せめて家庭で安らげるようにするべきだった」

「私こそ……」

今年。正確には、出て行ってから初めて、彼女は伊織を見た。伊織が好きだった、長い睫毛《まつげ》に縁取られた瞳。臆することなく、こちらをまっすぐに見つめる。

「あなたに、甘えたかったの。そうしようとしたの。あなたをもっと頼ろうとした。でも、どうしてもできなかった。あなたが苦手な家事をやろうとしてくれていたのに、私、そうされることがたまらなくいやだったの。あなたに責められている気がしたの。もっとやれるだろう、頑張れるだろうって言われた気がして。意地を張ってしまった。どうしても折れることができなかった……」

彼女は目を伏せた。

「ごめんなさい」

「……和美」

それは彼女のせいではない。そしてたぶん。自分のせいでもない。

調停委員が自分たちを見ていた。二人は何ごとかささやき交わすと、男のほうが口を開いた。

「私どもはここまで半年近く、お二人のお話を伺ってきました。奥さん。旦那さんは、こうして反省もされているようですし、お見受けしたところ、たいへん誠実な方のようです。『離婚調停』と一般的には言われておりますが、正式にはこれは『夫婦関係調整調停』です。お二人に、その気持ちがおありでしたら、もう一度歩み寄られてはいかがでしょうか」

歩み寄る。伊織は問い返す。

「あの、それはつまり？」

「復縁を、視野に入れることはできませんか、ということです」

午後からの調停だったので、伊織は半休をとっていた。家庭裁判所から自分のマンションに直接帰宅する。

ドアをあけるときれいに磨かれた、自分のものではない靴があった。かすかに彼の香水の匂いがしている。来ていたのか。

伊織は目を閉じて大きく息を吸った。吐いた。

目を開く。

大丈夫。できる。俺にはできる。

「貴船」

呼びかけて部屋に入る。

彼は珍しく、玄関ではなく、ダイニングテーブルについたまま、伊織を出迎えた。

「あ。今日、どうでした?」

「今日……?」

「調停があったんですよね?」

「知っていたのか」

「そこのカレンダーに書いてありましたから」

「そうか」

伊織は彼にかまわず、奥に歩を進める。

確か、和室の押し入れの下の段に、妻がいらない紙袋をていねいにたたんで入れておいたはずだ。そのうちのひとつを、引っ張り出してくる。よりによって誰かの結婚式の引き出物を入れていた袋だが、丈夫で大きい。その袋の口をあけるとキッチンで、まずは椅子の背にかかっていた貴船の黒いエプロンを突っ込む。

「伊織さん？」

それから洗面所。貴船の整髪剤や香水、歯ブラシを入れていく。

「なに？　なにしてるの？　伊織さん」

今度はベッドルームだ。

タンスの引き出しをあけ、貴船の服を片端から袋に突っ込んでいく。ベッドサイドのテーブルの中、貴船が忍ばせたジェルやゴム、彼のものすべてを。

「伊織さん！」

伊織を追いかけてベッドルームまで来た貴船には見向きもせず。

ああ、そうだ。肝心なことを忘れていた。

伊織は長らく置き去りになっていた、サイドテーブル上の結婚指輪を手に取った。

ハンカチで軽く埃《ほこり》を拭き、左手の薬指にはめる。

当たり前な話なのだが。

ぴったりだった。

「貴船」

ちゃんと言うのだ。迷いなど、みじんも見せずに。ほんの少しでもためらいを見せたら、そこで負ける。

「悪いが、帰ってくれないか。鍵を置いて」

「……」

貴船の目を真正面から見る。ついさっき、妻が自分にしたように、決してそらさないで。

一息に言う。

「今日、調停で俺たちは──俺と和美は──結論を出した。明日、あいつはここに帰ってくる。きみがいると困るんだ」

彼は信じられない光景を見たとでもいうように、ただこちらを見ている。

伊織はスラックスのポケットを探ってキーケースを取り出した。渡されていた貴船の部屋の鍵を外して差し出す。

「これは返す」

「どうして？」

彼の声が震えている。

「どうしてと言われても。俺には必要ないものだからだ」

「もう僕がいらないなんて、嘘でしょう。あなたは冗談を言っているんだ。そんな訳がない」

動揺するな。彼に同情するな。揺らげば小さな穴があく。そこから激情は、この決意を押し破るだろう。

「そんな訳がないとは、たいした自信だな。元からきみと俺は、身体だけの関係だっただろう。それ以上でもそれ以下でもない」

「だって。だって、あなた。伊織さん」

彼の表情は定まらない。泣いていいのか、怒っていいのか、逡巡《しゅんじゅん》しているようだった。

「言ったじゃないですか。僕に抱かれると嬉しいって。幸せだって。言ってくれたじゃないですか」

そう、そんなことを言った。

——おまえに入れられると、嬉しくて、しかたなくなる。


あれはついこの間のことのように思える。

貴船がスポンジケーキを焼き、伊織の誕生日を二人で祝った。上にのせた赤い苺がつややかだった。クリームのついた唇でキスをした。

あの日はやたらと蒸し暑く、エアコンの除湿を入れて、さらにもっと、シーツが汗でびしょびしょになることをした。

舐めて。いじって入れられて、火のような息を吐いて、喘いだ。

「僕の指も舌も……——ペニスも、好きだって。そう言ってくれたのに」

ぷくりと泡《あぶく》のように、心の奥底から表層へと浮き上がりそうな感情。


——貴船の全部が好き。大好き。——


強いその思いを水面下に沈める。

「和美が帰ってくるのに、おまえがいると邪魔なんだ」

針のように鋭い言葉は、貴船の心臓をいとも簡単に射貫いたことだろう。彼はものを言うことができずにいる。呼吸が荒い。

「貴船。わかったらもう行ってくれ。これを持って」

突き出す紙袋を、彼は乱暴に手で払い、跳ね飛ばした。ベッドルームの隅にまでそれは飛んでいき、中身をまるで内臓のようにぶちまけた。

「貴船……」

伊織は戸惑っていた。

正直に言って伊織は、彼はもっとあっさり自分を手放すと予想していた。「もう終わりにしよう」と言えば「それじゃあ、しかたないですね」、そう言って肩をすくめて出て行くとばかり。

恋愛の修羅場など、一度たりとも経験したことはない。脂汗が流れてしたたる。どう言えばいい。どうしたら彼は納得してくれるんだ。うろたえながらも、決して声には表すまいとする。

「聞き分けのないことをするな。いつかこうなることは、わかっていたはずだろう? おまえだって言っていたじゃないか。やってみたら思ったよりもよかっただけだと。ここできれいに別れたほうが、お互いにいい」

なんだ、自分は。どこかのプレイボーイみたいなことを言っていると、こんなときなのに笑いそうになる。

「い、やだ……！　いやだ……！」

彼の顔色が変わっている。

伊織は、左手をかざす。そこには指輪が輝いていた。

永遠の愛を誓った、金のリング。

「落ち着け、貴船。おまえでは、俺に愛を誓えないだろう？」

ふっと伊織は考えていた。もし、自分が女だったら。そして、貴船が自分と結婚すると言ってくれたら。そうしたら、自分は彼を信じたのだろうか。

「こんなもの！」

意識をそらせていた伊織に貴船が飛びかかってきた。伊織の左の指から、結婚指輪を引き抜こうとする。こんな、あまりに子供じみた行動は予測していなかった。伊織は慌てて手を握り込む。貴船はその手を開かせようと指を伊織の拳に差し込み、渾身の力でこじあけようとしていた。そうはさせまいとする伊織の左薬指に痛みが走った。

「……ッ！」

がりりと貴船の爪が皮膚を削って指輪を抜き取る。彼はそれを放った。さきほどの貴船の荷物の横に指輪は転がっていく。

「何をする?」

伊織は指輪を拾おうとかがみ込んだが、背中に重みを感じて倒れ込む。ぐいと手を引かれ、身体を仰向けにひっくり返された。

「貴船?」

「セックスしよう。伊織さん」

「は?」

自分の上に馬乗りになりながら、貴船は笑っていた。

「おまえ。俺の話を聞いてたよな」

「うん。だからだよ。伊織さん、僕とするの、好きでしょう? しようよ。そうしたら、きっと気が変わるよ」

この男が何を言っているのか、伊織は理解できなかった。

だが、彼の香水は体温の上昇に合わせて匂いを高め、そして指が——……たった今、この皮膚を傷つけた指が恐ろしいほどの細やかな優しさを持って、伊織の乱れかかった髪を一筋、掬った。

どうしてわからないんだ。

「こんなことは無意味だ」

彼の手のひらが、脇腹を撫でシャツを裾からめくり上げていく。

「大丈夫。すぐに思い出すから。伊織さんの身体は素直だからね」

この男が自分を求める匂い、気配。それらに、いつの間にこんなに敏感になったのだろうか。彼の視線ひとつが、かかる息が、次第に自分の中心から考える力を奪い去っていく。

左の首筋を舐められた。彼の髪が耳たぶを、さながら愛撫のように甘くすぐる。

「ふ……っ」

ぞくりと背筋を震わせる、ひりつきそうな絶頂への期待。

「ふざけるな。貴船」

おまえにはわかるまい。どんなに自分がこの日を恐れていたか。ぎりぎりまで、言い出せるかどうかを危ぶんでいたか。

何人もとの情事を繰り返してきたおまえに、茶化されたくない。うやむやにされていいことではない。

「ふざけてなんていないよ。もう、この身体は僕じゃないといやだって言うよ。美味しいワインを飲んだら元の舌には戻れないように、複雑で奥深い味を知ったら、単純な味では物足りないんだよ」

そう言って貴船が頬を舐めた。

「だって、ほかの誰が、あなたをこんなふうにできるの?」

ああ……。

なんで「これ」は。自分の中の官能は。こいつに、こんなにも従順なんだ。

彼が指を立てたなら、芸をしそうじゃないか。

「僕たち、最初から身体の相性はよかったですよね」

スラックスの布地の上から、そろそろと貴船に腿をさわられる。

「伊織さんはどこまでも『お堅い』のに、この身体はいやらしいことが大好きで。欲張りで、美味しいセックスがなにより好物」

ねえ、と、耳元で彼がささやく。

「大丈夫なの。入れて出すだけなんて、そんなセックスで満足できるの。僕といようよ、もうずっと。まだまだこんなものじゃない。さらによくなるから。これからいっそう、楽しくなるところだから」

彼の指にシャツのボタンを外された。それだけで、皮膚は目を覚ます。どっと肌が粟立ち、胸の突起が咥えられることを、指でいじられることを求めて尖り出す。

待ち望んだ貴船の舌に胸をねろりと舐められた。

「ん……っ」

こらえ切れぬ声が出る。

ああ、いい。

軽く、ごく軽く乳首を噛まれてペニスまで一直線に快楽が走る。そこから下腹部全体がじわじわと温かくなる。身体が開いて、官能に向かって走っていこうとしている。

貴船が器用に伊織のスラックスのボタンを外し、下着ごと足から抜いた。

伊織は自分の性器に指を絡めた。これ以上彼に醜態をさらしたくない。さっさと達して欲望を解放し、落ち着いてしまいたい。

「だめだよ、伊織さん」

手を押さえられ、のけられる。

代わりというように貴船の指が二本、口の中に入ってきた。人差し指と中指。

「舐めて」

何をするんだ、と、伊織はその指に歯を立てた。早く出て行って欲しくて。なのに、彼はよりいっそう奥へと進めてくる。

「だめだよ。そんなんじゃ。噛むならもっと強く、ちぎれるくらいじゃないとね」

指の向きがひっくり返る。貴船の手のひらが伊織の目に飛び込んできた。彼の指先が、伊織の上顎内部の緩やかな膨らみを撫でる。

「ここ、ね。わかる？　あなたの欲望ではち切れそうなペニスを、僕は何度もここのところでこすってあげたんだよ。それから」

舌の表面に指の背で触れられた。その刺激で唾液が大量に分泌されるが、貴船の指があるために飲み込むことができない。

「舌でくびれたところを舐めて、頬の内側で吸い上げてあげるんだ。口であなたのペニスを可愛がってあげると、僕も気持ちいいって知ってた？　伊織さん。口の中にも感じるところはあるから」

二本の指が歯の裏側を複雑な円弧を描いて撫で上げた。

「ほら、気持ちいいでしょ？　だからキスも感じるんだよ。伊織さん、好きだよね。ここを、舐められるの」

唾液が、口の端からしたたり続けている。

「それでね、あなたのペニスをずっとしゃぶっていると、硬くなって、味が変わってくるんだよ。あれはなにかな。そう、植物みたいな。樹液みたいな味になる。苦くて、でも、あなたが感じていると思うと甘くなる」

嬉しそうに彼は話し続ける。

「愛しているよ、伊織さん」

口を利くことができない。言えるものなら言いたかった。何人に言ってきたんだ。愛していると、好きだと。そんな安売りをいつもいつもしてきたおまえ。もういいだろう。俺を解放してくれ。

「伊織さん」

どうしておまえは、こんなふうに名前を呼ぶことができる。まるで――……そう、まるで、深い恋に落ちているように。どうしたら、そんな声を自在に出すことができるんだ。

貴船が指を引く。それは伊織の唾液にまみれて、さながら性器のようにぬめっていた。

彼はかがみ込み、伊織のペニスを口に含んだ。そこを、自分で言ったように、舐め、こすりたてる。今、貴船も感じているのだろうか。上顎や歯の裏や舌で、気持ちよくなっているのだろうか。

「ああ……」

彼の髪に手を差し入れ、身悶える。かすれた甘い声があがる。逆らいようのない快感。

貴船の動きが止まった。ゆっくりと口から伊織の完全に屹立したペニスを出していく。外気にさらされ、か弱い生き物みたいに見えるそれ。わざとだろう、こちらを見てちろりと舐めた。

もっと？　彼の目はそう言っていた。そうだ。そこでやめないで。もっとよくして。

クスッと笑うと再び口中にくるみこまれて、頬の内側と上顎部《じょうがくぶ》の間に狭く閉じ込められ、先端の割れ目を尖った力強い舌先で割られた。

「ふ、う……」

背が浮き、身をよじった。

（出る……！）

そう思った瞬間、根元を掴まれ、舌を外された。

「あ、あ、や…………！」

気が狂いそうだった。

「や、やだ。そんなの……」

伊織は、気がつけば片方の足を彼の背に回し、絶頂をねだっているのだった。

口にしてしまいそうだった。

さっきみたいにして。強く吸って。この、がちがちに漲《たぎ》ったペニスを、はじけさせて。

「あ、う……！」

もう片方の彼の指が、すぼまった入り口から身体を割って入り込んできた。

その指を、自分の内壁が何度も咥え込むのを感じる。

指の数が増やされ、ひくひくと全身がけいれんしたように震え続けていた。

名残惜しげに割れた先をひと舐めしたあと、貴船の口が離れ、ペニスがゆっくりと入ってくる。伊織の身体は歓んで味わうように貴船の雄を飲み込んだ。

「くぅ……！」

喉の奥で声が殺しきれずに漏れる。

「あ、あ。や……！」

伊織のペニスを押さえていた、貴船の指が外れた。

「あ……！」

押し寄せる奔流にのけぞった。

受け入れてすぐのところで絶頂を迎えて、伊織のペニスからは大量の白濁液が吐き出された。皮膚が電気を帯びたように官能に染まり、極まったのち、弛緩《しかん》した。

「あ、ああ……」

これが。今から別れようとしている相手に抱かれる姿だろうか。理性とは裏腹に、肉体の欲望は、底のない強欲さを見せている。

貴船が、繋がったまま、指を伊織のうなだれたペニスに這わせた。

「……っ！」

押しとどめようとしても力が入らない。悦楽のヴェールをまとった身体は、刺激に敏感で、おかしな声を出してしまいそうになる。

「さわ、るな！」

「うん？」

つーっと彼の指が、萎えたペニスを根元から上へと撫で上げた。

「あ、ああ……」

貴船が伊織の足を持ち上げ、膝頭に口づける。嬉しがる身体は貴船の体内への侵攻をとどめるすべを持たない。よりいっそう、奥に。感じやすいところに来て欲しくて、うごめきさざめいて、歓んで迎え入れている。

「ねえ、おとなしくしてて。伊織さんのいいところを、ちゃんとわかっているから」

指一本ほどもない浅いところを貴船に攻め立てられて、自分のペニスがまた充血し始めたのを感じた。

「こうされるのが好き?」

ぐるっと腰を回されて内壁を圧迫され、びくりと身が跳ねた。

「あ……っ!」

さっき出したばかりなのに、またいった。しかし、精を吐いた感覚はない。現に伊織のペニスは勃《た》ち上がったまま、萎えていない。

「え……?」

「へえ……」

まるで美しいトンボを捕まえてしげしげと見る子供のように、貴船がこちらを覗き込んでいる。

「いつかは、って思っていたんだけど、こんなときになるなんてね」

「え、え」

なに。なんだったのだ、今のは。

「入れられるのに慣れると、射精しなくてもいけるって」

「……」

「快感がリセットされないから、気が狂うまでできるんだって」

ねえ、楽しいね、伊織さん、と、貴船はいとも優しげな笑みを浮かべながら言った。

「あなたが狂ったらどんなになるんだろう。見てみたいな。そうしてくれる？　僕で、よがり狂ってくれる？」

「待って」

体内で動かないで欲しかった。動かれると、まだ完全に下降していない快楽が、再び上昇し始める。射精してしまえば落ちるのに、何度も頂点を味わい、より高くに追い詰められていく。

「伊織さん……」

恐い。

どこまでいってしまうのか。恐い。

貴船が伊織の膝裏の柔らかいところに舌を入れ、舐める。

「ああ……！」

また。うねる快感に身をよじる。体内が引き絞られ、貴船のペニスの形を、どこにあるのかを明確に感じる。

「だめだよ、伊織さん。そんなにしちゃ。まだあなたを連れて行っていないのに」

連れて行く。どこに？　天国？　地獄？

「入れられながらさわられると、たまらない？　ここ、こんなになってる」

貴船が伊織の性器の先端を指先でなぞる。透明で粘い、いわゆる先走りの液がつるりとした口から滴を垂らすほどに出続けている。

「あ、あ。やあ。そこ」

貴船のシャツを掴む。

「ああ、可愛い。伊織さん。ねえ、今度は、あっちでいってみようか」

貴船が舌なめずりをしそうに言った。

「一番深いところ。僕が届くぎりぎりの、あなたが、大好きなところ」

ああ……。

まさしくその場所が、疼いた。伊織の身体は貴船を待ちわびて、よくしてくれる彼を待って、両手を広げて早く来てと身を振り絞っていた。

貴船の手が伊織の両の足を割った。持ち上げられ、折り曲げられ、より深くに挿入される。

ずっ、と、音がしそうに、彼の質量が限界まで押し入ってくる。

「ね。届いたよ」

「ふ……あ……っ」

ああ、と伊織はうめいた。意味のない言葉が口元から唾液とともに垂れ流される。

体内のその場所を刺激されると脳天にダイレクトに、杭のように陶酔を打ち込まれる。

「あ、あ、や、もう……っ！」

いいというよりメーターが振り切れそうな快楽はむしろ苦痛に近く、伊織は失神寸前にまで追い込まれた。それを戻したのは、やはりエクスタシーにほかならず、もういやだと口にするのに、身体は悦楽を追い続けて、いって、またいって、息が整わないうちに次の頂へと追い上げられる。

「ん……！」

もう周りがどこで自分か何者かさえわからないのに、彼が押し入ってきて、動き、いいところに当たればはじけそうな声をあげ、腰を引かれれば全身がわななき、深く繋がり合いたくて腰をうごめかせて、よりいっそうをねだる。貴船を感知するごく単純ないきものになり、快楽のために死にそうになる。

貴船のペニスが、射精のために脈打ったのが、スローモーションのように伝わってきた。

ああ、来る……！

隔てるものが何もなく、噴き上げる、彼の熱情。体内を熱い飛沫《ひまつ》に打たれて、喜悦のために呼吸さえどうでもよくなる。

「あ、ああ、ああ……！」

間欠的に乱れた声があがる。

「ああ……！」

歓喜の頂点で、伊織の声帯はひときわ高く震えた。達するときに貴船の名前を確かに呼んだ気がする。

奥から振り絞り、彼を求めた気がする。

交わりの余韻が大きすぎて、ただ口をあけて呼吸をすることが精一杯だった。温かな海に放り出されたようだ。全身を包むぬくみ。だるさ。

貴船もふいごのような、荒い息を整えていた。

伊織は、貴船のシャツのボタンが下から二つ、なくなっているのに気がついた。いつもきちんとしている彼なのにと思ったが、彼のシャツを握り込んだ自分の手を見て、無我夢中で彼のシャツを掴んだためにちぎれ飛んだのだと悟った。手を広げてシャツを離す。ひどく皺《しわ》になっていた。

伊織は自分の身体を見下ろす。ペニスは透明な液をこぼしていたが、精を吐いてはいなかった。

貴船がうっとりと上から覗き込んできた。伊織が深い快楽を感じたときには——たいてい、そうなってしまうのだが——、彼は、こんな顔をする。得意げで、嬉しそうで。どこか子供っぽい無邪気さに満ちている。

「伊織さん、すてきだった」

彼は、口づけようとした。

顔が近づく。長い前髪が額に触れる。

唇がつけられようとした、まさにその瞬間、伊織は渾身の力を込めて左手を上げた。貴船の口づけは唇ではなく、伊織の手のひらに落とされた。拒否されたことが最初、貴船は信じられない様子だった。

「伊織さん……？」

「おまえは本当に、セックスがうまいな」

気持ちが望まないままことに及んでも、最後には満足させてしまうくらいに。

「もういいか？　気が済んだら家から出て行って欲しいんだ。それともまだするのか？」

「伊織さん……」

彼の声が震えていた。

「ねえ、今、僕たち、愛し合ったはずでしょう？」

ふたつの身体なのに、あの瞬間は確かに溶け合っていた。おまえと俺は、ひとつの生き物で、うごめき、腹の中に精を吐き。それが結実しないのが不思議なくらいの歓びだった。

「セックスがいいのと愛しているのとは違う」

なんでこんなひどいことを言っているんだろう。彼が傷つくのをわかっていて、何度も俺は言葉で彼を突き刺し続ける。

ああ、貴船。

頼むから、そんな顔をしないでくれ。もういいと言ってくれ。ひどいことを言いそうなんだ。おまえが「うん」と言ってくれないと、俺はもっと尖った、おまえをえぐる言葉を探さなくてはならないんだ。

頼む。うなずいてくれ。

今までも、あったろう？　まだ続くと思っていた相手に「そろそろ潮時だ」と言われたことが。

そんな、今にも泣きそうな幼子の顔でこちらを見ないでくれ。

束の間、伊織は本当に彼が泣き出すのかと思った。だが、彼は黙ってボタンのちぎれたくしゃくしゃのシャツを形ばかり整えて出て行った。玄関の閉まる音がする。

こんなことが前にもあった。最初にセックスしたときだ。やはりこうして、両手両足を投げ出して玄関ドアが閉まる音を聞いていた。

彼もまた、あのときのことを思い出しているだろうか。

「……」

目を覆う。今日の昼間、家庭裁判所でのことを、思い返す。


「復縁を考えられてはどうですか」

家庭裁判所の調停委員の言葉。

それを聞いた自分と妻は顔を見合わせて、それから、どちらともなく笑い出した。

譲り合う気持ちになれたのは、離れるからで、個と個に返るからこそできることであることを、お互いにわかっていた。

「いえ、それは」

妻が首を振る。伊織も彼女に同意した。

「そうですか。それでは、調停成立ということでよろしいですね。調書を作成しますか」

「いえ。申し立て自体を取り下げてください。離婚届は、自分たちで出しに行きます」

そう言ったのは妻だった。

「夫は一度約束したことは守る人ですから」

裁判所から出て、駅まで公園を通って行った。都心にしては広い公園だ。噴水の傍らを寄り添って歩く。

まるで夫婦のように。いや、まだ夫婦なのだと改めて思い、不思議な気持ちになる。

伊織は聞いた。

「離婚届はいつ、出しに行く？」

「明日」

即答だった。

「こういうのは早いうちがいいと思うの。勢いで進めたほうが」

「和美が言うならそうしよう」

「ねえ、伊織くん」

妻は立ち止まると、伊織を見て言った。

「最後にひとつ、わがままを言ってもいい？」

「ああ」

「離婚届を出しに行くときには、指輪を、していきたいの。届けたら、外す。そうしたら、ちゃんとけじめがつけられる気がするの」

「わかった」

結婚指輪はどこにあっただろう。このまえ貴船とセックスしたときに目の隅に入った気がする。そう、確かあそこだ。ベッドサイドのテーブルの上。

「それから、家のものをどっちが持って行くか、決めたいんだけど」

「そうだな。車はきみの仕事に必要だから、このまま持って行けばいい。あとは、離婚届を出したあと、うちに寄って決めたらどうだ」

「うん、そうする」

じゃあ明日、と、彼女と別れて、そのまま帰途についた。帰ったら貴船がいて。それから――

そして、今。

伊織は身体を起こす。ジェルを使わなかったせいか、受け入れていた箇所が引き攣っている。床が自分の汗でべとべとだ。立ち上がろうとすると、生温かいものが内腿を伝った。ゴムを装着しなかったので、貴船の放った精が流れ出したのだ。あふれるそれを何度もティッシュで拭き取る。

左薬指を動かすと貴船が引っ掻いた痕がわずかに痛んだ。

彼がつけた、最初で、最後の傷だ。

彼は一度だって、自分を粗雑に扱ったことはなかった。ほんの少しの傷もつけないように、それはそれは大切にしてくれた。まるでふかふかのクッションをいくつも重ねてその上にのせられ、かしずかれているように。

指輪はどうしたのだっけと見ると散乱した貴船の荷物の中に転がり落ちている。あとで拾おう。

「水……」

冷たい水が飲みたい。とりあえずシャツを直して、台所に行き、冷蔵庫をあけた。

「え？」

見慣れぬ、金の紙箱があった。貴船が持ち込んだのだろうか。取り出すと、思いの外に重かった。

シンクの脇に置き、側面の金具を押してみる。ふたが上に開き、中に入っていたのは、黄色のセロファンに包まれた瓶だった。用心深くセロファンを取り除くと、金色の装飾を施されたボトルが現れる。

シャンパンだ。伊織の生まれ年がラベルに印刷されている。

思わず、口元がほころんだ。

貴船は知っていたのだ。今日、自分がけりをつけるつもりだったことを。何も言わなくても、貴船はいつだって伊織の気持ちに敏感で、寄り添ってくれていた。

今日、貴船はここに来て。冷蔵庫にこれをしまって。

どんな気持ちで自分を待っていたのだろう。

期待と不安で、落ち着かなかったに違いない。それなのに、ようやく帰ってきた自分から受けたのは、あんな仕打ちで。

急にひどく痛んできた。指ではない。彼を拒んだ、手のひらが。

——貴船、貴船、貴船。

箱を再び、封印でもするように奥にしまい込む。冷蔵庫に背をもたれさせて、伊織は尻から崩れ落ちた。

もう、いい。もう意地を張る必要なんてない。

ああ、そうだ。わかっていた。とっくに陥落していた。

貴船。おまえを愛している。

俺の全部が、おまえを恋しがっている。

でも。

ぐっと左の拳を握りしめる。

——これで、よかったんだ。

夏間近なのに冷え冷えとしている部屋を見つめて、伊織は何度も繰り返す。

——これでよかったんだ、これで。

元に戻るだけだ。あいつとつきあう以前になるだけなんだ。仕事に邁進《まいしん》する、平穏で実直な日々。

なのに、どうしてこの痛みは止まらないんだろう。手のひらが疼いてしかたないんだろう。

昼まで、3分

匂いがしたのだろうか。実家の前まで来ると、飼い犬の彦左衛門がすでに伊織を察知して騒いでいた。

茶色の長毛に覆われた雑種犬である彦左衛門は、必死にこちらに走ってこようとするのだが、鎖があるため果たせない。きゃうきゃうと体に似合わぬ情けない声をあげている犬の傍らに伊織はしゃがみこみ、彦左衛門の一番好きな耳の後ろを掻いてやった。満足げに目を細める犬に、伊織は微笑んで訊ねる。

「元気にしてたか？　彦左衛門」

「彦左衛門、どうしたんだよ？　誰か来たのか？」

家の中から弟の隼人が、口に棒アイスを咥えながらタンクトップにハーフパンツ、サンダル履きで出てきた。

伊織を見て、口からアイスを落としそうになる。

「兄貴……」

「隼人。ただいま。父さんと母さんはいるか？」

伊織はそう言うと、土産に買った水ようかんの袋を掲げた。

「連絡くれればよかったのに。父さんはゴルフの打ちっ放しに行ったわよ。この暑いのにねえ」

母はそう言うと、台所のテーブルの上に麦茶と水ようかんを置いた。

「母さん、俺」

麦茶には手をつけず、正面の母の顔を見て、伊織は告げた。

「和美と正式に離婚したんだ」

「あら、そうなの」

母は案外、淡々と受け止めた。彼女は水ようかんを口に運んでから、麦茶をひとくち飲む。

「驚かないんだ？」

「そうなるかもとは思っていたからねえ。まあ、きっと色々あったんでしょ。あんたたちが決めたんならそれでいいんじゃない？」

「そうだね……」

実家に帰って離婚の報告をすることには、けっこうな決心が要ったのに、伊織はなんだか拍子抜けしてしまった。

家を出たときのままになっている自室に入ると、ふいに不要なものが気にかかりだす。伊織は窓を開け放つと、階下にゴミ袋と紐とはさみを取りに行き、部屋の整理をし始めた。

まだ残っていた教科書や、忘れ去っていた賞状や、もう着ない衣服、それらを次々と処分していく。

「義姉《ねえ》さんと別れたってことは、あいつと暮らすのか？」

隼人の声に振り返る。

「あいつ……」

「いただろ、兄貴の部屋に」

「貴船のことか」

伊織は苦笑した。

「それはないな。あり得ない」

「なんで？」

「彼は、もう、うちには来ない」

「ふーん……」

弟は伊織が荷物を片づけているのを、その場でじっと見ていたが、また口を開く。

「兄貴が、追い出したのか？」

手が止まる。

「どうしてそう思うんだ？」

「だってあいつ、兄貴にぞっこんだったじゃん。向こうから兄貴のことを手放すとか、ねえだろ」

ぞっこん。

弟の使った言葉が古めかしくておかしくなる。

そうだな。

別れ話をしたときには、盛大にもつれた。それでも振り切れたことが今では奇跡のようだ。

あのときは確かに、貴船は自分に執着していたかもしれない。だがそれがいつまでも続くものじゃなかっただろうとは、やはり思う。

引っ越しを、しようか。

そう、ふと思う。あの部屋は一人暮らしには広すぎる。駅から遠いし、駐車場つきだから割高だ。もう少し駅に近くて便利な、一人暮らしにふさわしい部屋を借りよう。

和美の荷物が減ってタンスもなくなり、部屋はだいぶ片づいた。

ただ。

貴船の荷物を送っていない。最初の頃、一度連れ込まれたことがあるので、彼のマンションのおおよその場所は知っている。会社のすぐ近くだ。しかし、あれほど身体を重ねていたのに、会っていたのは伊織の部屋ばかりだったから、正確な住所を知らない。何度かメールをしたのだが、返信はない。

電話をして、彼の声を聞く勇気は、まだ、伊織には、ない。

——おまえがいると邪魔なんだ。

ひどい言葉を投げつけた。何か言うたびに刃のように彼を突き刺し続けた。あれから二週間が経つ。

時折、会社で貴船を見かけることがあるが、今までのように、彼と目が合うことはない。

そうか。あいつは俺のことをずっと見ていたんだな。そう、初めて気がついた。

貴船は髪を少し切っていた。残念だ。あの髪が好きだったのに。前髪が、さらさらと肌を撫でていく感触がたまらなかったのに。

愚かしい。

別れてから、貴船のことばかり考えている。止めることができない。


淡々と日々を過ごす。

朝起きて一人で食事をして、会社に行く。

誰もいない部屋に帰る。

伊織の部屋は、どこか薄ら寒い。

エアコンの温度は高めに設定してあるというのに。

あの日。貴船を振り切った日から、この部屋は、上がり続ける外気温とは裏腹に冷えていくばかりだ。

「いつ、引っ越そう……」

つぶやく言葉を聞く者はいない。

部屋を変えてしまえば。貴船との縁は本当に切れる。早くそうしてしまいたい。同時に、今こうしていても彼が来たらという、ときめきにも似た恐れがある。

馬鹿だ。

大馬鹿だ。

引導を渡したのは自分だ。それなのに、なんて女々しい。

だけど。しょうがないじゃないか。

あんなに深く愛されたことはなかった。身体のどこもかしこも、いや、口の中から体内深くまで、あの男がさわらなかったところはない。全身が、彼のことを覚えている。

これから、果たして自分はまた再び恋をすることがあるのだろうか。そのときに、満足することができるのだろうか。

——もう、この身体は僕じゃないといやだって言うよ。

まったく。おまえはなんてものを俺に残していったんだ。こんなふうに作りかえて。

けれど、それがそれほど不快ではない自分がいる。ずっと大切に持っていたいと、どこかでは考えている。これからどんどん、おまえとの距離は開いていくばかりだというのに。

そういえば、鍵。貴船の部屋の鍵を、伊織は大島トランスレーション宛に送った。無事に彼の手元に届いただろうか。そろそろ住所を教えてくれる気になったのならいいのだが。

もし、引っ越しまでに貴船から住所を知らせるメールが来なかったら、そのときは彼の荷物は実家に送って保管してもらおう。

ただ、冷蔵庫に入っているシャンパンが気にかかる。あまり冷やすのもよくないと聞いたので、野菜室に入れてはあるのだが、長く預かっておかないほうがいいだろう。

携帯が鳴ってびくりとする。

「え、え?」

自分個人の携帯ではない。社用のものだ。

着信表示は「大島トランスレーション社長・大島」となっている。

大島さん? 大島トランスレーションの社長がどうして? 貴船と顔合わせをしたときに一度挨拶したきりだ。何かの間違いではないのか?

「はい、滝本物産マーケティング部の佐々木です」

『ああ……』

社長自らかけてきたので、さぞや急用だろうと思ったのに、なんだか歯切れが悪い。

「大島さん？」

『いきなりで、申し訳ないんですが……。佐々木さんの生まれ年って19××年で、間違いないですか？』

「は？」

そうだと返事をすると、彼はまた黙った。金曜の夜、自分の生まれ年を聞くために、わざわざ電話をしてきたのだろうか。だとしたら、ずいぶんと酔狂な人だ。

『佐々木さん。あのー、私、貴船に頼まれてですね』

いきなり出てきた彼の名前に心臓の音が、確かに大きく跳ね上がった。

『ちょっとばかり珍しいメーカーの、ヴィンテージシャンパンを手配したんですよ。もしかして、お心当たりがあるかと思って』

携帯を持つ手がじっとりと汗ばんできた。

貴船からもらったシャンパンは、まだ冷蔵庫の奥にある。野菜室のドアをあけるたびにどうしても目に入る、金の箱。

沈黙が、返事の代わりになったのだろう。

『ああ……やっぱり……』

「あの、それだけでしたら」

早く切ってしまいたかった。せっかく静かに眠りかけたものが、生々しく蘇り始めている。早く、このざわめきをおとなしくさせてしまいたい。

『佐々木さん、待って下さい。切らないで。実は、私、今、病院にいるんですよ。貴船が救急車で運び込まれたんです』

大島は都内の病院の名前を告げた。

「え。彼、どうしたんですか？」

『酒の上のいさかいで階段から落ちまして。足をくじいたのと、頭をちょっと打っていたので念のためCTを撮るってだけで、大事《だいじ》はないと思うんですが。申し訳ないんですが、迎えに来ていただけないでしょうか』

「……いえ。私などが行っても」

『ああ』

ぺちっと音がした。大島が自分の顔を打ったらしい。

『どうにも、まだるっこしいのは苦手だ。佐々木さん。あなたと貴船は、そのう……

言い方は悪いが、できていた。そして最近、あなたから別れを告げた。そうですよね？』

「……」

『ああ、いいです。返事をしたくないときにはしなくても。こっちで勝手にしゃべりますから。ちょっと前まで、貴船はえらく浮かれてましたよ。表には出さないようにしてましたけど、かけがえのないものを手に入れて秘密にしているみたいな感じでした』

伊織は何も言わなかった。ただ聞いていた。

『貴船のことは、赤ん坊の頃から知ってましてね。あいつと来たら、小さい頃からやたらもてでしょうがなかったもんですよ。なんだろう。あいつの中には、女を引きつける磁石みたいなものがあるんじゃないですかね。それも良し悪しというか。まあ、アンバランスなのは確かです。あんだけ遊んでいたくせに、今頃やってきた初恋に苦悩してるんですから』

「初恋？　苦悩？」

なんだか貴船にはふさわしくない言葉だ。

『初恋の相手はあなたですよ、佐々木さん。あいつは、あなたに関してだけは、真剣だった。一年ちょっと前ですかね。あなたと出会ってから、あいつは変わったと思うんです。仕事に関して、かっちり取り組むようになった。あなたに褒めてもらいたかったからじゃないかな』

「もし……そうだとしても……」

いきなり引きずり込まれた、甘い官能。蜜のような、エクスタシーのプール。

「彼のやり方では、私には彼を信じることができないんです。これはもう、終わったことなんです」

『うーん……。まあ、貴船が何をしたのか、わかるような気がしなくもないんですが。佐々木さん、あなた、どうですかね。貴船が普通の、そう、一般的な男女の出会いのように、まずは食事とか映画とかに誘ったら。ついて行ったんですかね。それで、手を握って、キスをして、だんだん仲良くなってくってコースはあなたの中にありましたかね』

それを言われてしまうと、返す言葉がない。

『澄ました顔してますけど、あいつだってかなり葛藤したし、悩んだと思いますよ。あいつなりにですけど。もし、あなたが貴船を好きじゃないって言うんだったら別です。でもね、それ以外の理由であいつを遠ざけてるんだったら、もう一度、考え直してもらえませんか。これは大島トランスレーションの社長としてではなく、あいつの兄貴分としてのお願いです』

「……もう、切ってもいいですか?」

『佐々木さん!』

電話を強引に切る。携帯をテーブルの上に置いて、室内をせわしなく歩き回る。

「まったく」

なんで怪我なんかするんだ。どこを傷つけたんだ。痕にならないといいけれど。頭は大丈夫なのか。

「あいつは」

冷静なようでいて、いきなり激昂するからな。何か導火線に火がつくことを言われたのか。

——初恋の相手はあなたですよ。

「いきなり、そんなことを言われても」

信じられるものではない。

だいたい、別れを切り出したのは伊織からなのだ。今さら、どんな顔をして会いに行けるというのだ。

第一、大島はああ言ったけれど、すでに新しい恋人がいる可能性だっておおいにある。あいつだったらおかしくない。そんなところにのこのこと出て行って今の彼女と鉢合わせでもしたら、それこそ目も当てられない。


——だってあいつ、兄貴にぞっこんだったじゃん。


隼人も、似たようなことを言っていた。

「どいつもこいつも」

くそっ、と、伊織にしては乱暴な言葉遣いで髪をかきむしる。

男だし、取引のある会社の社員だし、とんだ遊び人だし。条件のすべては行くなと告げている。

なのに、伊織の身体の、かつて愛され、想いを注ぎ込まれた、細胞のひとつひとつは、どうしようもなく彼に向かっているのだ。

「とりあえず、行ってみるか」

このままもやもやしているよりはマシだ。

財布と携帯、そしてキーケースを手に取り、ポケットにねじ込む。ドアをあけると、夏の東京の湿気がむわっと襲いかかってきた。


電車の中は、浴衣姿の女性がやたらと目についた。病院の最寄り駅に着くと、それらの人たちも伊織と同様にホームに降りた。改札を出ると、「花火大会・本日開催」のポスターが大きく貼られていて、そのせいなのかと納得する。

思ったよりもこぢんまりしたその病院の夜間救急口から中に入る。大島は入ってすぐの長椅子に座っていたが、伊織を見て立ち上がった。丸眼鏡に顎鬚、派手なシャツ。身長はそれほど高くはないが、胴回りが立派だ。

「よかった。来て下さったんですね、佐々木さん」

ほっとしたように、彼は言った。

「大島さん。貴船は」

「まだ検査中です。夜間診療なので、少々時間がかかってましてね。まあ、診察室から歩いて帰ってきたらたいしたことないと思って下さい。異常があったら病院側が入院させますから」

「はい」

二人して、長椅子に座る。

「封筒をね」

大島が話し出す。

「あなたが貴船に宛てた封筒を、渡したのは私なんですよ。貴船がその場で破りあけて、鍵が落ちたので、もしや、と。色々考えるとこれが腑《ふ》に落ちるんですよ」

「……いい勘ですね」

ただそれだけで、ここまで言い当ててしまうとは恐れ入る。後発の翻訳会社である大島トランスレーションを、今日《こんにち》に至るまで順調に伸ばしてきた遣り手なだけはある。

「まあ、勘が悪かったら私はここにいないでしょうね。ねえ、佐々木さん。迷ったときには自分に聞くことです。ちゃんと答えはあなたの中にあるんです。あなたと貴船、存外お似合いだと、私は思いますよ」

「……」

「ちょっと失礼」

彼は立ち上がると、通りがかったナースに何ごとか聞いていた。それから、伊織を振り返って言う。

「貴船の検査は終わって、先生に話を聞いているところだそうです。今夜は近くで花火大会があるので、私は今のうちにタクシーを押さえときますから」

「え」

伊織は腰を浮かす。

「待って下さい。タクシーなら、私が」

そう言ったのにもかかわらず、大島はドアから出て行ってしまった。

どうしよう。

伊織は長椅子で頭を抱える。心の準備がまったくできていない。彼が来たら、なんと言えばいい。

――答えはあなたの中にあるんです。

貴船が、角を曲がって現れた。

大島の姿を探しているのだろう。しきりに周囲を見回している。

伊織が立ち上がると、彼の動作が止まった。

幻覚かといぶかるように、目を何度もしばたたかせている。

「え、と。伊織、さん……？」

「足は？　どんな具合だ？」

「軽い捻挫だって言われたけど……」

「座ったらどうだ？」

そう言って彼に近寄ると、腕を取り、肩を貸した。

貴船の視線を痛いくらいに感じる。

「何か不埒《ふらち》なことをしたら、遠慮なく痛いほうの足を蹴るからな」

そう言ったら、彼はふふっと笑った。

「何がおかしい」

「ほんとに伊織さんだなって思って」

「だいたいおまえは、最初に会ったときから、いっつもへらへらしていて」

「へらへらはひどいなあ」

彼はのんびりした声で言った。

「あなたを見ていると、嬉しくなるんです。僕は」

「相変わらずだな」

伊織は貴船を長椅子に座らせながら、溜息をつく。

ちっとも変わっていない。よくもまあ、こんなことをすらすら言えるものだ。

「大島さんは？」

「タクシーを呼びに行った。この近くで花火大会があるので、混むから早めに押さえると言っていたが」

「花火」

まさにそのとき、急に廊下が明るくなった。そして、腹の底に響くような、どーんという音。

「……始まったようだな」

二人は並んで座った。

彼は伊織のほうを時折盗み見る。聞きたいことが山ほどあるに違いない。どうしてここにいるのか。大島と何を話したのか。

口を切ったのは伊織のほうだった。

「なんで階段から落ちたんだ」

「えっと。僕の不注意で」

「大島さんはいさかいがあったと言っていたぞ。原因はなんなんだ」

「……」

「貴船」

強く言われて、渋々、彼は白状した。

「同僚に失恋くらいでクヨクヨするな、女は星の数ほどいるって言われたんで、つい……」

「つい？」

「その程度の恋愛しかしたことがない人は気楽でいいですねって返したら……まあ、たまたま階段を降りようとしていたところで肩を掴まれたので、バランスを崩して……」

伊織はあきれる。まるで子供のけんかだ。

貴船自身もそう思っていたのだろう。居心地悪げに何度も姿勢を変えている。

「いつから」

「え」

唐突な言葉に貴船は戸惑っている。

「いつから……その、俺のことをそういう目で見ていたんだ」

「会議が長引いて、僕との打ち合わせを後回しにされたときから」

即答だった。

「ずいぶん前だな。……しかし、あの日は仕事の打ち合わせをしただけだよな。おまえが俺を、どうこう思う要因が見当たらないんだが」

「あのとき、伊織さんは、会議がちゃんと、納得のいく形でまとまって、とっても嬉しそうだったよ」

「ああ。確かにそうだった」

部下の一人が何気なく言ったことが引っかかり、それが明確になって解決するまで粘ったのだ。

「あなた、嬉しいと光るんだよ。ぼんやりと」

「はあ?」

彼が言っていることがわからない。

光る?

蛍光灯じゃあるまいし。そんなぴかぴかしてたまるか。

「本当だよ。あなたは、心から嬉しいときってうっすら輝くんだ。このまえ、誕生日のケーキが膨らんでいたときもそうだった。夕ごはんが茄子《なす》の揚げびたしのときや、蒸している日に冷たいビールを冷蔵庫に見つけたときも。それから……――」

彼は付け足した。

「僕と、セックスするときも」

言われて、その瞬間の幸福を思い出し、伊織の身体は震えた。

「好きだよ、伊織さん。こんなに誰かを好きになるときが来るなんて、思わなかった」

貴船は、いつもより饒舌《じょうぜつ》だった。

大島が帰ってくる前に、伝えるべきことをすべて伝えたいかのように。

「黒い目が、黒い髪が、ホチキスをちゃんと留めないと気になるところが、真面目で時間に厳しくて仕事熱心で、食事の好き嫌いを口にしないけど顔に表れるところが、嘘が苦手で恥ずかしがり屋できれい好きなところが、そのくせクリーニングのタグを外し忘れちゃうところが。好き」

伊織は正直な感想を述べる。

「……ろくでもないことばかりだな」

「僕にとっては重要なことだよ」

むっとしたように貴船は反論した。

その表情が思いの外に幼くて、伊織の口元はほころぶ。

いくつもいくつも、花火は上がる。鳴り響く音の間に会話することになる。

複数の花火が一時《いちどき》に上がった。そのぱらぱらという余韻のあと、伊織は言った。

「俺はなかなか面倒くさいぞ」

「え？」

「重くてうっとうしい。おまけにかなり嫉妬深い」

伊織は貴船の目を見て言った。

「それでもいいか？」

貴船がなんだか狐《きつね》につままれたように自分を見ているので、おかしくなった。

心の奥から、どうしようもないほどに歓喜が湧き上がってくる。

——貴船を愛している。

ずっとずっとこの男のことを恋い慕っていた。受け入れたいと願っていた。

またひとつ、花火が上がり、音を運んでくる。

今、このとき。この男が自分を求めていて、自分もまた彼を愛していることは、疑いようのない事実だ。ごまかしても、遠回りしても、真実から逃げることはできない。

ならば。自分が覚悟を決めるしかない。

いつの日か、憂えたように、貴船が自分を捨てるかもしれない。そうなればどんなにか傷つくだろう。取り返しのつかない深手を負うことになるだろう。だが、そのときは、そのときだ。

「おう、タクシーがつかまったぞ」

大島が救急口から入ってきた。

伊織は立ち上がる。

「大島さん、ありがとうございました。あとは、こちらでなんとかしますので」

じゃあな、と伊織たちに手を振ると、大島は軽やかな足取りで駅の方角へと歩き出す。

貴船をタクシーに先に乗せたときに、天にひときわ大きく、花火が上がったのが見えた。ほんの少しだけ、遅れて音が聞こえてくる。

身体と、心と。

きっと元はひとつなのだ。最初から身体は彼に恋い焦がれて、今ようやく、心が追いついたのだ。

「伊織さん？」

「ああ、乗るから」

タクシーの中で、貴船は自宅マンションの住所を告げたきり、ほとんど口を利かなかった。伊織も同様だった。

ひどくぎこちない。まるで映画館での初めてのデートにのぞむ中学生のようだ。貴船が前を向いたまま、少しずつ左の指を近寄らせてきた。何をしている。

彼の指先が、伊織の手にたどり着く。そこでためらっている。

伊織はもどかしくなり、その手の指を上から握ってやった。貴船はほっとしたように手の力を抜き、次には力強く握り返してきた。

貴船のこの指。

最初のとき、口中に入ってきて、自分の肌を撫で、絶頂を促し、身体を開いた、傲岸で不遜な指。それが今、たよりなげに伊織を求め、この手のうちにある。

貴船、と心の中で伊織は彼に呼びかける。

心配するな。ふりほどいたりしない。ずっとこうしていてやるから。

目的地である貴船の家に着くまで、二人はそのまま手を握り合っていた。

マンションのエレベーターに乗り込むと、伊織は訊ねる。

「何階だ？」

「十二階」

ドアが閉まる。伊織は彼のことを支えていた。体温が密着している。匂いがしている。なるほど。貴船はこちらを見るときにいつもにやついてるが、自分だって、こうしてご機嫌になっている。

「キスしても、いいですか？」

貴船に聞かれて、ぷっと吹き出す。

今さら何を。おまえは、一度だって聞いたことはなかったじゃないか。

「笑わないで下さい。恐いんですよ」

「恐い。俺が？」

「……あなただけが」

「好きなだけすればいいだろう」

ほんのちょっと顔をそらして傾けて、貴船が軽くうつむいた。それだけで、まるであつらえたように唇が合わさる。

深い陶酔を覚える。

それは今までのように、セックスの前哨戦《ぜんしょうせん》としての口づけではなく、もっと違う意味合いを持っていた。

なんだろう。もう少しでわかるのに。

もどかしいまま、エレベーターは十二階に着いた。


部屋に入ると、伊織はリビングの長椅子で貴船の服を脱がせた。

「風呂には入ってもいいのかな。医者に何か言われたか？」

「シャワーならいいって言われたけど」

エアコンのスイッチを入れたので、さほど広くない室内にはすぐに涼気が満ちてくる。

「そうか」

仕立てのいい服なのに、背中部分がかなり汚れている。クリーニングに持って行っても取れるかどうか。

「ねえ、伊織さん。奥さんにはなんて言って出てきたの」

「何も」

「何も？」

貴船のシャツのボタンを外して袖を抜く。その昔、弟の隼人をこうやって世話してやったことを思い出す。

「ああ。離婚したんだ」

「え」

貴船が怪我をしている側の足を不用意に椅子にぶつけて悲鳴をあげた。

「気をつけろ。あまり動かないほうがいいぞ」

「どういうこと？」

「無理すると、今日明日は痛むからな」

「そうじゃなくて」

貴船に手を貸して脱衣所まで連れて行く。

そう。こんなところだった。バスルーム内はタイルがクリーム色で。あのときはまだ二度目の逢瀬《おうせ》だったというのに、浴槽に浸かりながら、自分は、この身体が貴船に恋をしたことを知ったのだ。

タオルを棚から出して、用意しておく。

「伊織さん。離婚したって、いつ？」

「……このまえ、おまえが家に来た次の日」

「そんなこと、聞いてない」

「言ってないからな」

「奥さんが帰ってくるって言いましたよね、あなた」

「離婚届を出したあと、ちゃんと帰ってきたんだぞ。分けるものを決めただけで、出て行ったが」

貴船が恨みがましげに伊織を見た。

「……あなたに、あんなに上手に嘘がつけるなんて、思いもしませんでしたよ。まったく、油断ならない」

「人聞きの悪い」

壁に手をつかせて、下着を抜く。捻挫した側の足を着かせたときには、かすかに苦痛の息を漏らした。

「嘘はついてないぞ。言わないことがあっただけだ」

「僕が、どう思うのかわかっていて」

「ああ」

「なんで」

「おまえを、信じていなかったから」

「ひどいな」

思わず伊織は、彼の背を手のひらで叩いた。

「いたっ」

「今までおまえは、何人と遊んできたんだ？　信じるに足ることをしてきたのか？」

「え……」

「自業自得だ」

バスルームに入ると貴船をバスタブの縁に腰かけさせる。彼が痛くないほうの足で、伊織の足をつついた。

「伊織さんは？」

「何？」

「伊織さんは脱がないの？　濡れちゃうよ」

まあ、そのとおりだ。脱衣所に上がって、間のドアを閉めようとしたが、貴船がだだをこねた。

「寂しいから、ドアはそのままにして欲しいな」

顔をしかめてシャツに手をかける。

「こっちを見るなよ」

「見てないよ」

別に。普通のことだ。風呂に入るのに服を脱ぐくらい。

視線を感じて振り返ると、貴船が口元を緩めてこちらを見ていた。

「見ないと言っただろう」

「それより早くしてくれないと、僕、ちょっと寒くなってきたんですけど」

どうってことはない、と自分に言い聞かせても、最後の一枚を脱ぐときには、相当の勇気が要った。

羞恥で耳が熱くなっている。

バスタブの縁に浅く腰かけている貴船を見ると、ペニスが勃起《ぼっき》し始めていた。

「おまえ」

伊織は湯の調節をすると、彼の顔めがけてシャワーを放った。

「わっぷ！」

「風呂場でそんなものをでかくするな！」

「不可抗力ですよ」

彼は笑っていた。

「あなたが、あんまり恥ずかしそうに脱ぐから」

「俺のせいか」

憮然《ぶぜん》とした伊織は、乱暴に貴船の髪をシャンプーで泡立てた。柔らかくて、なめらかな髪だ。

次には、身体を。手のひらにボディソープをとって、首すじから全身を洗う。背中や、胸や、腰や、腿、足。伊織も色が白いほうだが、貴船のそれは、まったく違う。純白なのだ。張りのある筋肉。しなやかな足指。

貴船の手の中に洗顔用ソープの泡をのせてやり、顔を洗うようにうながす。それが終わったのを見届けてから、貴船のペニスを洗ってやった。そうしているうちに彼のそれは、充分すぎるほどの硬度になっていった。

「貴船。洗いにくい」

「しかたないでしょう？　一糸まとわぬあなたに、さわられているんですよ？」

彼はそう言うと、伊織の耳をかりっと噛んだ。

「ふ……！」

痛み寸前の快楽が上《のぼ》ってきて総毛立つ。まるで、自分のものと宣言されたみたいな。

そういえば最初にセックスしたとき貴船は、こんな感じに喉元を噛んできた。

伊織の声に、さらに反応した貴船のペニスは、いっそう角度を鋭くしている。ざっとそれにシャワーを当てて、伊織はひざまずいた。

「なに？」

「してやる。口で」

そう言って、舌を出した。

貴船が驚いて腰を引こうとする前に、その高まりを口に含んだ。つるりとしている。歯を立てないように、気をつける。先ほど触れた髪や、肌や指と感触がどこか似ていて、貴船の匂いがして、ここが確かに彼の一部なんだと理解する。

上顎で先端の丸みをこすりながら、そっと舌先をくびれに這わせる。このまま伊織の部屋でセックスしたとき、貴船が伊織の口中に指で触れながら、話したとおりに。

「う……っ」

彼の声があがり、昂揚感を覚えた。貴船が感じている。

口の中にある彼の性器。まるでこれは、おもちゃのようだ。そう、これは楽しい遊び。

伊織は次第に大胆になり、さらに舌を亀頭に沿って舐め回した。口を中途半端にあけると、ぴちゃぴちゃと淫猥《いんわい》な音がして、ますますおもしろくなる。

「伊織さん。あなた、いったいどこでこんなことを……！」

どこってておまえだろう。やり方をていねいに教えて、するほうも気持ちがいいと言ったのは。頬の内側をすぼめて、舌を小さく開いた穴に押し込んで舐め尽くす。

「あ、あ、伊織さん、待って。ちょっと……！」

滅多に聞けない、貴船のあせった声がこの上もなく愉快だ。そのまま、喉の奥に強く吸い込んでやると、彼が「くっ」と短い息を吐いた。生温かい液が口中に満ちる。

青臭い匂いが鼻腔に広がる。しばらくためらっていると舌に刺すような刺激がある。思い切って飲み込むが、口端からは飲み損ねた液が垂れた。

「……」

なんだろう。ひと仕事終えたみたいにぼうっとしてしまう。

「飲まなくても、よかったのに」

貴船の声は精を吐いた余韻にかすれていた。何を言ってるんだ。おまえは何度もうまそうに飲んでいたじゃないか。

苦くて、だからこそ甘い、この液を。

「おまえの、言うとおりだな」

ぼんやりと口にした言葉は、あまり意味をなしていなくて。

「なに？　僕が？」

互いに酩酊感の中にいて、何度も聞き直した。

「なにか言いました？」

「言った」

「なにを？」

「気持ちいいって。口で、しているほうも」

自分がされるときとは違う、満足感。貴船にあんな声をあげさせた。

「ああ、伊織さん」

伊織の唇の端をぬぐう貴船の指は、震えていた。泣いているのか笑っているのかよくわからない表情。

おまえのそういう顔が好きだ。普段、飄々《ひょうひょう》としているおまえが、激情をどうやってこらえるのか困っている様子が。

貴船は立ち上がった。

「おい、足が」

伊織が声をかける前に、大きな鏡に背をもたせかける。

「来て」

言われて、立ち上がる。貴船に、指で口をあけて中を見られた。

「……？」

おとなしくしていると、彼は、しげしげと覗き込んでくる。

「ここに。僕のを入れたんだよね」

そう言いながら、舌に指を這わせる。

「伊織さんが、僕のを」

そのとおりだ。ここでおまえのペニスを味わった。樹液みたいに青臭くて苦いあれを飲んでやった。さっき見ただろう。口の端からしたたったのを。

唇が重なった。

舌が入ってくる。自分の味がするだろうに。ああ、そういえば。

伊織は笑いそうになる。

「なに？」

「俺も何度も自分のを舐めてるんだよな」

口でされた後、キスしたことは両手に余るほどある。

自分の精液なんて、絶対に味わいたくはないけれど。どうしてか、貴船を経ると、気にならなかった。

「平気。あなたの口の中の味と混じっているから」

そう言って、何度も舌を出入りさせる。

「あ……っ！」

変な声をあげてしまったのは、貴船が柔らかい舌で口の中を舐め回したからだ。薄い色の彼の目が、真剣に伊織の快楽をはかる。

「貴船……」

彼が互いのペニスをひとまとめにして、手の指を巻き付けてきた。

性器の、そった背を絡め合う。

ねっとりとした悦楽に、嬌声が唇を突く。

「あ、あっ」

貴船の足に負担をかけまいとするのに、肩に手をかけ、上体を預けてしまう。

「あ、だめ……っ！」

「気持ちいい？　伊織さん」

ぐちっと音がした。粘つく透明な液がペニスの先端からこぼれ落ち、今にも噴き上げそうになっている。

「は、あ。や……」

射精の予感が満ちる。

（あ、いく……！）

思ったその瞬間に、意地の悪い貴船の手が止まった。

「ば……！」

彼の指がペニスの幹をくすぐる。

「どうして……」

どうしていかせてくれない。なんでこんなことをする？

「ねえ、伊織さん」

貴船がささやいた。

「僕、伊織さんがいくのを我慢してるときの顔が好きなんだよ。だってとっても色っぽいんだもの。その顔を、もっと見せて。もっともっと長く」

「無理、だ……」

空閨《くうけい》の長かった伊織の欲望は、はち切れそうになっている。ゆるゆると長引かせられて、半狂乱だった。

「もうやだ。貴船。やだ！」

「しょうがないね。じゃ、言ってよ」

「な、に？」

「僕のこと、好き？」

「お、まえ。こんなときに」

「聞きたいな」

伊織の唇は震えていた。うまく言えるかどうか自信がない。それに、こんな、ついでのように告げたくはない。けれど、貴船は不安そうで。だったら安堵させてやるのも悪くないと思えてくる。

「好きだ。貴船。もうずっと。好きだった」

ああっ、と、伊織は悲鳴をあげた。巧みに幹をくすぐっていた貴船の指が止まったからだ。

「ごめん」

動きはすぐに再開された。

「嬉しくて。どんなにか、あなたの口からその言葉を聞きたかったことか」

貴船の手に強く握り込まれた。くっと、ふたつのペニスが合わさって、外側の段になったところが強くこすれ合う。

「ああ……！」

どくんと大きくひとつ脈打って、うめいて、大量の白濁を吐いた。ぬるりとした生ぬるい液が貴船の手をつたわり、バスルームの床にまで垂れ落ちた。

「は、ああ……」

崩れそうになって体重をかけてしまい、謝罪する。

「ごめん……重いよな……」

返事の代わりに彼の唇が髪に触れた。

まだだ。まだ。もっと。彼の形と匂いと味を知って。一度頂点を味わって。よりいっそう、飢えが強くなっている。深く繋がっておかしくなるほどの快感を味わいたい。

「貴船……」

「物足りない？　まだ？」

どうしてわかる。触れて、舐めて、暴いて欲しいという深い願いを。

「貴船」

自分から誘いかけるのは、まだぎこちない。小さな声になる。

「しよう？」

もうちょっとこっちに来て、と貴船に言われて、伊織は腰を進める。貴船はすでにゴムを装着してベッドで仰向けになっていて、伊織はその腹の上にまたがる形になっている。

「もっと近くに来てくれないと、指が届かないよ」

「自分でする」

そう言ったら、笑われた。

「物理的に無理でしょ。それに、僕のほうが。ほら」

彼はそう言うと伊織の手に自分の手を合わせた。

「指が長い」

ねえ、知ってるでしょう。僕の指があなたをどんなにするか。

そう言われると、肌が磁気のような官能を帯びる。確かにそうだ。その指がどう自分を狂わせるか、知っている。

いつもは滑《なめ》らかな指先が今日は手入れを怠っていて、少しだけざらついているのが、今の尖った性感にはちょうどいい。

「なに?」

「あの」

彼にかがみ込むと、つぶやいた。

「胸を……」

伊織の声は消え入りそうだ。

「胸を、舐めて」

彼がいつか言ったように、羞恥は自分の官能をよりいっそう濃くする。そうして、理性はなりをひそめて、ただ彼を感じるだけの、ひどく原始的ないきものへと変貌していく。

「うん、いいよ」

彼が枕をヘッドボードに立てかけると、上体を少し起こした。

「おいで、伊織さん」

目をそらして貴船に近づく。

「どうされたい？」

「おまえはまた、そういうことを聞く」

「だって伊織さんにちゃんと感じてもらいたいんだもの。だから教えて？」

「あ、あの」

自分は全身が赤くなっているに違いない。声は消え入りそうに小さく、顔からは火が出そうだ。なのに、ほてった身体は貴船を欲しがってしょうがない。

「痛く、してもいい。強く、して」

俺のことを、欲しがって。

「うん」

そう言ったくせに、胸に触れる貴船の舌先は甘く優しく、焦れったくなるくらいに緩慢だった。それが不意に牙をむくように、勢いを増す。

「あ、あ……！」

もう片方の胸の先も尖り始めている。自分で触れてみる。ぼってりと存在感を訴えているここは、以前からこんな形だっただろうか。最初のときはどうだっただろう。もう覚えていないくらい昔のことのように思える。

軽く乳首に歯を立てられた。痛くはない。母犬が悪さをした子犬を躾《しつ》けるような慎重さを持っていたから。

「は……！」

ひくつく身体。

芯を持ち始めている性器。

貴船のぬるつく舌は、今度はもう片方を咥えてくれる。

胸を突き出し、彼の舌の感触に酔う。貴船の髪に手を差し入れ、まだ乾ききらないそのさわり心地がよくて、掻き乱す。

「あ、あ、いい。貴船」

この舌。こうされたかった。寂しかった。ずっと。おまえがいなくておまえとしていなくて。自分から断ち切ったくせに、欲しかった。もうずっと。ずっとずっと。

ベッド下の引き出しから貴船がジェルの容器を取ると中身を手指にとった。彼の濡れた手が背後に回り、背の一番下の骨を確かめてから、尻の狭間を割った。

「あ」

ぞくぞくっと身体が震えた。

体内に入ってくる。人差し指が。次には中指。その二本で徐々に身体を開かされていく。

「は、あ……っ！」

すでに、悦楽に酔い始めている伊織は、こちらを見ている貴船の目を塞ごうとする。

「見るな」

「なんで？」

「は、恥ずかしいから」

「手をどけてよ。伊織さん。僕は見たいな。だって。僕のものでしょう？　感じて、きれいで……──伊織さんは僕のものでしょう？」

そう言われて手を離すと、貴船はいつもみたいに微笑んで自分を見ていた。

「なんで僕は、せっかくの、こんなときに怪我をしているのかな。足なんてどうでもいいから、思い切り、あなたを愛したいのに」

彼の頬を、ごく軽くはたく。

「この身体は俺のものでもあるんだろう？　ちゃんと、大切にしろ」

その手をつっとすべらせて頬を撫でる。

「おまえが病院に運び込まれたと聞いて、俺がどんなに心配したか」

貴船はさらにもう一本、指を増やすと、奥に分け入り、中のいいところを押し上げた。

「ああっ！」

身体がのけぞった。

小さな、でも、確かな頂点。

「やばい」

「なに？」

「なんか、今日は、やばい。おかしく、なりそう」

「嬉しいことを言ってくれる」

もう入れても大丈夫だと思うんだけど、と彼は言った。

「ゆっくり腰をおろして。そう」

貴船の屹立したペニスを、自分で受け入れていく。

とろける。ひとつになって、溶けていく。

「ふ……っ」

「見たいな。伊織さんのおかしくなるところ。最高によがり狂って、腰を振るところ」

「おまえ……」

貴船。おまえの望みとあればそうしてやる。いや、すでにそこに向かって走り始めている。

さっき貴船が指で刺激したところ。そこまで迎え入れる。貴船が手のひらで伊織の腿を撫でながら指示をする。

「身体を伏せて僕の肩に手を置いて。腰をね、前後に動かすんだよ」

言われたとおりに、身をくねらせた。確かに手を貴船の身体についていないと上体が崩れそうになる。

自分でいいところを探り当てる。

「あ、あ……っ！」

小さな波がいくつも押し寄せてきて、鳥肌が立つ。

貴船の悪戯な指先に乳首をつままれて、喘ぎというにはあまりに動物的な、咆哮《ほうこう》にも似た声をあげる。

「ああ……っ！」

ぽたぽたと汗が落ちた。さっきシャワーを浴びたばかりだし、エアコンはかけているのに、勝手にしたたり落ちる。そんなものでは、この熱を取り去ることができない。

「……貴船」

うっとりする。

今。この身は彼の言う輝きをまとっているだろうか。ほんの少し、わかった気がする。身体が、彼とセックスできることに有頂天になっている。その思いがあふれて、滲んでいくんだ。

貴船の手が、そっと腰骨に触れた。彼が訊ねる。

「僕と、こうしていて、嬉しい？」

何度もうなずく。

「ああ、嬉しい」

貴船は、伊織が次の言葉を発するのを待っている。なんて可愛らしい。

「俺の、貴船」

そう言ってもいいだろう？　なあ。

唇を重ねる。さっきエレベーターで感じた、この口づけがなんなのか、という問いの答えを、今になって知る。

誓いだ。愛を誓っているのだ。

「好きだ、貴船」

中で貴船がいっそう硬さを増す。

ああ。今なら、届くかもしれない。あの場所に。

一番奥。貴船が最高に自分に欲情して、ようやく届くあの奥まった部分。

「は、あ……」

腰をさらに、肉が密着するくらいに沈み込ませて。最奥にまで届かせる。いきなり、雷に打たれたように、それは来た。

「あ、あ、あ……っ！」

大きな波。絶頂。自分では制御できない、感覚のひとつひとつを揺らめかせる陶酔。ぎゅうっと、自分の身体全体が縮こまって彼のペニスを覆い尽くしたように思えた。はじかれ、吹き飛ばされる。

感覚のほうが自分より大きくなって、一瞬おのれというものがなくなってしまったようで、意識が、完全に飛んでしまう。

「あ、ああ」

息が荒い。

足ががくがくしている。腰を引こうとするが、果たせない。

「動けない……」

「……伊織さん」

そんなことを言われても、と彼は苦笑している。貴船はまだ達していない。

「僕も男なので。このままお預けはつらいんですけど」

「そう、言われても……」

あんなに身体全部がばらばらになりそうな、自分がなくなってしまったような高みのあとでは、そんなに急にこちらに戻ってこれない。

「ちょっとだけでいい。待ってくれ」

腕に力を入れて、どうにかいったん身体を引き抜こうとする。

「ん……」

感じまいとしても、その動きは、鋭敏になっている伊織の快楽中枢をつついた。ぞわぞわと体内がさざめき、貴船の雄を味わおうとする。

「伊織さん、それ、まずい。そんなこと、されたら、たまらない」

貴船の声が切羽詰まっている。

「しかたないだろう。俺は、貴船とこうしたかったんだから」

彼が唖然《あぜん》としたようにこちらを見ていた。

「ずっとこうしたくて。でも、もう、できないとも思っていて、ようやくかなったんだから。こんなあさましいことになったって、当然だろう？」

「ねえ、伊織さん。あなたに」

彼の声は真摯な響きを帯びていた。

「ほかでもない、あなたに。そんなことを言われたら、頑張るしかないじゃないですか」

彼に抱き寄せられて上体を前に倒し、互いの胸と胸を密着させる。ずるりとペニスが、あの大好きなものが体内から出て行く。

「あ……」

「そんな残念そうな声を出さないでいいから。すぐによくしてあげる」

貴船は伊織のこめかみに何度もキスをしながら、そのまま二人の身体の上下を変える。

ゴムを取り替え、すでに充分柔らかい伊織の身体の中に指でジェルを足した。

そうじゃない、欲しいのは。もう、それじゃ満足できない。

「うん、わかっているから。だから、ね？　足を、上げて。うんと大きく開いて。膝裏を手で押さえていて」

貴船はそう言うと、伊織の腰下にクッションを差し入れ、自分は膝で立った。伊織は素直に、彼の前に秘部をさらす。身体を開いて、押し入ってくる貴船の形。

おまえの足が心配なのに、と口では言っているくせに、もっともっととねだる、淫蕩な自分。

貴船はあせらなかった。奥まったところまで来ると、呼吸を合わせて、静かに待っている。そして、なじんだところで、緩慢に引いていく。こうされると、そこから全身にさざ波のように快感が伝わり、潮のように多幸感が満ちてくる。

「伊織さん……」

貴船と混ざってしまいそうだ。溶けて、ひとつになりそうだ。そうなってしまいたい。もう、離れたくない。

いきなり抽送が激しくなった。

「ああ……っ」

終着に向かって、恐ろしい勢いで攻め立てられ、息さえもできなくなる。

「貴船……！」

二人ともがたどり着いた悦楽の果てで、伊織は何度も貴船の名を呼んだ。かつては、どこかうしろめたかったその響きが、今はこんなにも誇らしい。


貴船はバスローブをまとって、台所の小さなテーブルに片肘をついている。彼の様子を見ていると、ここが東京のマンションではなく、ニースかモナコのリゾートホテルのような気がしてくる。

シャワーを浴びたあと、汗ばんだ服をもう一度着る気になれなくて、伊織は貴船のシャツとチノパンを貸してもらった。エプロンを掛け、貴船に手順を教わりながら夜食を作る。

コンビーフ缶を棚から出して、オリーブオイルで炒《いた》めて、塩こしょうした卵を絡めて。その間にオーブントースターでパンを軽く焼いておく。

「夜にパン食は久しぶりだな」

思わずつぶやいた言葉を貴船が拾う。

「伊織さんが来ることを知っていたら、ごはんを炊いておいたんだけどね。……もうそろそろ、卵は半熟になった？」

「……半熟がいいのか？」

「うん。一番おいしいんじゃないかな」

気を揉みながらも、固くなる寸前、なんとか半熟ぎりぎりにコンビーフ入りスクランブルエッグはできあがる。

はあ、と、息を吐く。

「伊織さんもずいぶん料理がうまくなったよね」

「いや、ひやひやだ」

トーストの上に卵をのせ、かぶりつく。少々塩がきつかったようだ。そう言ったら、貴船が同意した。

「コンビーフ自体に塩気があるからね」

彼は言い足した。

「だいじなことは、相手をよく見ることだよ」

「は？」

「ちゃんと、舐めて、よく味わって、どうすればもっと引き立つか考える」

貴船は、スクランブルエッグをのせたトーストをざっくりとかじった。飲み込んでから、さらに付け加える。

「そうしたら、よりいっそう美味しくなるんだよ」

にこやかに言われて、彼の顔をじっと見る。

「料理の話だよな？」

「料理の話ですよ？」


——食べてすぐに寝てはいけません。牛になります。

亡くなった祖母にはそう言われたけれど、もう限界が来ている。伊織は、パジャマ代わりのシャツのまま、ごそごそとベッドに潜り込む。

ふと気がついた。

「メール……」

弟に、メールを打とう。

そのまま寝入ってしまいそうになって何度か失敗したあと「今、貴船の家にいる」と、一文だけを隼人に宛てて送信した。これでいい。きっと伝わる。

すぐに、電話がかかってきた。隼人からだ。

でも、もう、無理。だって眠い。

明日、ちゃんと礼を言うから。おまえと、そして大島さんに。二人が後押ししてくれたから、ここに来られたんだ。

「伊織さん、もう寝ちゃった？」

貴船が背後から伊織を抱き寄せた。そして、口づけてくる。

彼の前に無防備にさらした、そのうなじに。

SIDE STORIES

清水《しみず》さんは首をかしげる

私、清水と申します。滝本物産《たきもとぶっさん》マーケティング部二課に勤務し、直属の上司は佐々《さ さ》木《き》主任です。

あ、前から歩いてくるあのイケメンさんは大島《おおしま》トランスレーションの貴船笙一郎《きふねしょういちろう》さんとおっしゃって、ハーフだそうですよ。フロア中の女性が、なにげにチラ見してますよ。わかります、いい男は思わず見ちゃいますよね。私も、目が喜んでいるのを感じます。

「おはようございます、貴船さん」

「おはようございます、清水さん。……髪、少し、切りました？」

「あ、ええ、先週。……へん、ですか？」

「とんでもない。耳の形がいいので、お似合いですよ」

きゃあああああっ！　聞きました？　「耳の形がいいので、お似合いですよ」？

これを息をするように言ってしまえるのがすごいです。今日一日、いい気分で過ごせそう。

ずうっと前に、合コンに行ったときにも貴船さんは男前で、いい匂いがして、紳士的で、一緒にいるだけでぼーってなったものでした。

そういえば、あのとき。どうしてかな。佐々木主任の話になりましたね。

「いい人なんですよー。岡田《おかだ》くん……って今年の新人なんですけど、配属されてすぐのとき、俺はこの会社に向いてないんです、辞めますーって言うのを、必死に止めて」

「そうなんですか」

「ええ。今思えば、ホームシックだったんですねー。東京のうどんつゆの色が濃いとか水がまずいとか電車の色が違うとか、いちいち口にしてうっとうしいのに、佐々木主任、すごく心配してました。やっぱりこのまま頑張りますって言われたときには、ほーって息を吐いてましたよ」

かなり私は酔ってましたね。

「ああ、いい人なのになあ」

「なのに、とは?」

「なんで奥さん、出て行っちゃったのかなあって思って」

「──出て行った……」

貴船さんのグラスを持っていた手が止まりました。爪がきれいに磨かれた指先が細かく震えていて、この人、グラスを落とすのではないかと心配したのを覚えています。

「貴船さん？」

「ああ、いえ。離婚されたとは、初耳だったもので」

なんか、おかしい。口調は穏やかなのに、すごく大きな感情を隠しているみたい。

これ以上、言っていいのかな。どうなのかな。

でも、お酒が入ると私、だめなんですよねえ。ついつい口が軽くなってしまうのです。

「まだ離婚はしていないみたいですよ。お正月から別居してるそうですけど。ただ、離婚調停っていうんですか、それを申し立てられていて、家裁に行くから半休をもらうことになるかもって課長と話してました」

「そう……。そうなんだ……」

あ、なんか。私、知らずになにかいけないことをしてしまったのかも。なんて、そのときは思ったのですけれど。

まあ、あれは思い過ごしというやつですね。

あら？　自販機のある休憩コーナーで……一緒にいるのは、その佐々木主任と、貴船さん？　なんだかくすくす笑いながら話をしてますよ。お二人がそんなに仲良しさんだなんて知りませんでした。

どうしましょう。私、キュンキュンレモンを買いに来たのですが、入りづらくなってしまいました。

右端の自販機の陰だと、向こうから見えないけれど、話し声は聞こえるんですよね。……って、私、心ならずも立ち聞きすることになってしまいました。でも、低い声で聞きとりにくいです。

その中。

「……伊織《いおり》さんは……」

というひとことが耳に入って、あらら？　と私の周囲に疑問符が舞い踊ります。確かに、伊織は佐々木主任のお名前ですが、ここは日本です。相手をファーストネームで呼びますかしら。

「貴船、おまえは……」

佐々木主任がそう言って、なにごとかを訴えております。

あの佐々木主任が、取引先の方を呼び捨てってどういうことでしょうか?
いったい。いったい今、この休憩コーナーでなにが起こっているのでしょうか。
そして私はキュンキュンレモンを手に入れることができるのでしょうか。

森本和美《もりもとかずみ》は紅茶をいただく

私の名前は森本和美。職業はカウンセラーです。少し前までは佐々木和美と申しまして、佐々木伊織の妻でした。

離婚届を出し、荷物を分けるために自分たちの部屋に帰ったときのことなのですが。夫は——正確には元夫ですが——まったくそのことには触れませんでしたが、誰か新しい女性ができたのだなとすぐにわかりました。

調理器具の位置が微妙に違っていたり、きちんと包丁が研がれていたり、あれば便利な缶詰が買い置かれていたりしたんです。

一番驚いたのは、冷蔵庫の中にきれいな金色の箱があったことでしょうか。取り出してあけてみると、中身はシャンパンでした。しかも、夫の生まれ年の。こういう買い物を夫がするはずはなく、誰かが置いていったとしか考えられません。

じっと見ていると、夫が気がつき、そのふたをしめ、冷蔵庫にしまい直しました。

「預かりものなんだ」

ひとことでした。

誰から、とも、どういう経緯でこれがここに来たのかも言いませんでした。もう三十を過ぎた男の人に言うのはおかしいのですが、ああ、この人はおとなになったんだなあとそのときにしみじみと思いました。そして、夫と自分はもう他人で、この人を幸せにするのも不幸にするのも別の人なんだな、とも。

そう思ったら、不思議なくらいに、今までいやだった不器用さや気の利かなさが、愛おしく思えてきました。学生時代に戻って、この人を外から見て胸ときめかせていたときのような気持ちでした。

夫が紅茶を入れてくれました。クーラーが効いていたのでおいしかった。その銘柄は私が知らないもので、それを飲みながら、私は久しぶりにのびのびした気持ちになりました。

「けっこう、楽しかったなあ」

そう口にしていました。最後のほうでは意固地になったりしたけれど、でも、楽しいことだっていっぱいあった。もう二度とこの人と生活をともにすることはないけれど。

そうしたら、彼も微笑んで「そうだな」と言ってくれたのでした。

大島社長は面談する

大島トランスレーションでは、秋に面談を行うことになっている。社長室なんてものはないので、第三会議室に一人一人社員を呼ぶ。

「次は……」

書類に貴船笠一郎、の字を見て、大島は複雑な気持ちになる。

「あー、どうぞ」

「はい。失礼します」

入ってきた彼は穏やかな表情で椅子に座る。相変わらず仕立てのいい服を着こなしている。

ひとつ咳《せき》をしてから大島は話しかけた。

「……どうだ、最近の調子は」

「絶好調です。おかげさまで」

軽やかに返され、次に何を言っていいのかわからなくなる。

最初に会ったとき、貴船はまだ赤ん坊だった。

大島がアメリカの高校に留学することになり、そのときのホストファミリーが彫金工房を営む貴船家だったのだ。まだよちよち歩きでおむつをしていた貴船は、アヒルのように尻を振りつつ歩いていた。大島は、ときにはベビーシッターを頼まれたものだった。

彼の母親・アイラのとんでもない手料理と、対照的にプロ並みの父親・陽一郎《よういちろう》の絶品料理。懐かしい思い出だ。

そういえば貴船は赤ん坊のときから女受けがよかった。その頃の貴船は髪が少々ウェーブがかっていて、頬が赤く、西洋画の天使のごとく愛らしかった。そのため、ベビーカーにのせてショッピングモールを歩いていると、どこからともなく「あら、なんて可愛い赤ちゃん」と女性が寄ってくるのだ。また貴船がじつに愛想よく、いいタイミングで笑うものだから、幼稚園児から腰の曲がった老婆まで女性は皆こぞって、この赤ん坊をあやしたものだった。

大島が、世界を旅行するのが趣味になり、仕事になり、言葉と人間がおもしろくてたまらなくなってからも、何度か貴船の家には寄らせてもらった。

だから、貴船の父親が突然亡くなったときのアイラの嘆きも知っている。必死に慰めていたのは貴船だった。
こいつの初体験がいつだったのかなんて知らないけれど、十代も最初の頃だったのは間違いないだろう。それでも彼の中には一応ルールがあったようだ。「特定の恋人やパートナーのいる女性には手を出さない」。「いちどきに一人としかつきあわない」。ここまではいい。まともだ。が、「深入りせず、関係は穏便に終わらせる」。それはどうなんだ。そんなんでいいのか。

——のたうち回るような恋を、地を這《は》うような失恋をせずに生きるなんてもったいない。人生の甘みだけで苦みを味わっていないじゃないか。

そう貴船本人に言ったこともあるのだが、彼は笑って肩をすくめただけだった。
そんな貴船の初めての真剣な恋の相手が、男と知ったときにはそりゃあ驚いたし、取引相手との関係は会社社長として決して推奨できるものではない。だが、個人的には応援してやりたくなった。

——この男がこんなに深く誰かを欲することは、二度とないだろう。

大島の勘が、そう告げていたから。

「まあ、好調なら何よりだ。で、業務に関してだが、今後は医療文献と貿易関係をより正確に訳せるよう磨いていって欲しい」

「わかりました」

「それから三京商事《さんきょうしょうじ》の案件、まずはおまえに任せるから」

三京商事は商社でトップスリーに入る大企業だ。

「滝本物産同様、いい仕事をして今後の突破口になってくれることを期待しているぞ」

「はい、了解しました」

貴船はまったく平静な態度だった。

まあ、わかっていたさ。こいつが動揺したのを見たのは、このまえ、佐々木主任につれなくされたときだけだ。

あとな、と、大島は付け加える。

「おまえが恐いとアレッサンドロに泣きつかれた。あんまりいじめるなよ」

アレッサンドロは、酔って貴船を階段から突き落とした彼の同僚だ。

貴船は顎《あご》に手を当てて考え込んでいる。

「そんなふうに、言われる覚えはないのですが……。ああ、あれかな。彼が謝罪してきたので『まったく気にしていません。むしろ、感謝しているくらいですよ』とお伝えしたのですが、なんだか怯《おび》えた顔をしていたような……」

アレッサンドロに同情する。

上機嫌の笑顔で発せられる、貴船のこの言葉に対しては、いかにイタリア人で楽天家の彼といえども裏を読まずにはいられなかっただろう。

大島はアレッサンドロにイタリア支社を作って異動させてくれと申告されているのだが、そんな予定はもちろん、ない。

黄金《きん》の泡まで、一夜《ひとよ》

十一月。

伊織が貴船と、よりを戻してから三ヶ月が経とうとしていた。

伊織は、貴船によく電話をするようになっていた。ほんの短い時間だけれど、彼の声を聞くと嬉《うれ》しくなる。きっと貴船も同様だろう——と思うのはうぬぼれなのか。

「そろそろこちらは終わりそうだ。明日の日曜も休日出勤で申し訳ないな。せっかくの週末なのに」

貴船は今、伊織の家にいる。

『わかっていますよ。だいじな日ですからね。うまくいくといいですね』

「ああ」

答えながら伊織は、目の前にそびえる高さ七メートルのクリスマスツリーを見上げる。都内の老舗百貨店、正面入ってすぐの吹き抜け。

明日の日曜正午。ここで、滝本物産マーケティング部が取り扱う輸入玩具の、クリスマスデモンストレーションを行うことになっている。

巨大なクリスマスツリーには、らせん状に上から下まで、「ヴェーク」――ドイツ語で「小さな道」を意味する――という木のレールが敷かれている。「小さな道」の名のとおり、真ん中に溝が掘ってあり、ここに小さな金属のボールを落とすとどこまでも転がっていく。

出発点はクリスマスツリーのてっぺん、大きな星の真ん前。レールに沿って、たくさんのおもちゃやギフトボックスがつり下げられている。玉が転がっていく様子をカメラマンが撮影し、背後の大型スクリーンに映す算段になっていた。

「ドミノ倒しの設置、完了しました。柵内には立ち入らないでください。まだストッパーが入っていますが、明朝外しますので」

確認の声がけをしているのは、ヴェーク設置を担当する早川《はやかわ》ディスプレイの三代目社長、早川誠二《せいじ》だ。背中に社名の入った青いつなぎを着ている。伊織と同い年ぐらいだろうか。メタルフレームの眼鏡をかけた彼は線が細く、栗色《くりいろ》がかった髪が額にかかっている。色が白いために、顎に小さなほくろがあるのが目立った。

完成したツリーとヴェークの写真を撮るために、早川ディスプレイの社員が足場上でデジタルカメラを構えている。早川と同じデザインのつなぎを着たその男は、無骨な、いかにも職人といった顔つきをしていた。

「三浦《みうら》さん。逆側からも撮っておいて下さい」

三浦と呼ばれたその男は無言でうなずき、場所を移動して写真を撮ろうとした。目の前にあったツリーの飾りが邪魔だったのだろう、一時的によけて枝にかけようとする。

照明を反射するガラス玉は、銀鎖に厳重に接着されている。いや、そのはずだった。にもかかわらず、鎖から、ガラス玉が外れた。

そうしてその玉は、真下の木のレール上に、まるで吸い込まれるように、落ちて行った。

「三浦さん！」

伊織が叫ぶ。三浦は手を伸ばすが、届くはずもない。

『伊織さん？』

貴船が訊ねる。

『どうしたの？』

伊織は携帯を切って走った。

玉の通過を確実に感知するためにセンサーは、最小限のひずみで仕掛けを作動させる。

「誰か！　玉を止めて下さい！」

早川が叫んでいるが、ツリーを取り巻くらせんレールを下り続ける玉に、手が届くはずもない。

センサーの上を、玉は次々と通過していく。

天使が白い翼を羽ばたかせた。

くるみ割り人形が顎を鳴らした。

バレリーナはくるくるとピルエットを踊り、ギフトボックスが開いてクリスマスのお菓子が飛び出し、雪を模した綿からスノーマンが立ち上がった。

ツリーとレール、仕掛け全部を設置するのに、三日かかっている。

「岡田！」

伊織は部下の名を呼んだ。ツリーの一番近くにいたのが、岡田だった。彼が新人のとき、教育係だった清水が「岡田くんってイケメンだけどハムスターっぽいですよね」と言っていたが、なるほど、少しおどおどしていて、髪が柔らかそうで、似ていなくもないとこんなときなのに納得する。

「はい？」

いきなり名前を呼ばれた彼は意味がわからなかったらしい。

「下で玉を止めてくれ！」

「あ……」

ようやく状況を察したらしい。設置された柵を越えて、ツリーに近づく。

「岡田、ドミノにさわるなよ！」

注意をしたが、遅かった。

ツリー下全面にドミノが並んでいる。その一枚に足先で軽く触れてしまった彼は声をあげた。慌てた岡田はブックエンド状のストッパーを蹴倒し、そこから四ブロック分のドミノがいとも忠実に次々と倒れていった。

「うわ……っ！」

それでも偉かったのは、岡田が玉を止めたことだ。ここを行き過ぎたら、最後の仕掛けが動き始めてしまうところだった。

「すみません、すみません！」

岡田はしきりに謝っている。

早川は首を振った。

「いえ。うちのせいです」

早川の隣で、三浦も頭を下げている。

岡田が差し出したガラス玉を、早川は受け取り、点検する。

「熱接着が甘いものがあったようです。ほかの飾りも含めて、もう一度、点検し直します」

伊織と早川は仕掛けが展開してしまったツリーを見上げた。

伊織は聞いてみた。

「復旧にどのくらいかかりそうですか」

「まだ足場がそのままなので、ツリーの仕掛けを直すのには、それほど時間はかからないと思います。ただ、ドミノはとにかく根気の要る作業なので……」

ドミノは全体の三分の一近く倒れている。

「早川さん。いっそドミノを撤去してしまう、というわけにはいきませんか」

伊織の提案に、早川は厳しい顔になる。

「ドミノの展開と最後のアトラクションがぴったり重なることによって効果が出るように設計しています。ドミノ・アトラクションがないとなると、かなり華やかさに欠けることになります」

ということは、腹をくくるしかない。伊織は決意した。

「……では、やり直すしかないですね」

百貨店に掛け合って、直しが終わるまでは空調と照明をここ一角だけ止めないでもらった。

とにかく人海戦術だ。

早川ディスプレイに仕掛けを直してもらいながら、本来タッチするはずではなかった伊織の班全員でドミノを並べ始める。

ストッパーを立ててワンブロックずつ完成させていくのだが、素人だとどうしても並びがずれてしまい、早川からダメ出しが入る。

「この列、ツリー側にずれてます。直線になるよう、お願いします」

「うう、腰が痛いです……」

清水が悲鳴をあげる。彼女は靴を脱ぎストッキングになって作業をしていた。

「あっ！」

「岡田くん！」

ドミノを倒してしまったことによる動揺が指先に表れるのだろう。岡田は何度も失敗し、そのたびにドミノが倒れた。

数回やり直しさせられた清水が、とうとう怒り出す。

「もう、もっと注意してよ」

いつもは優しい清水の語調がきつい。

「……すみません」

「いいから手を動かして」

「……」

岡田はじっとドミノを見ていたが、くるっと背を向けて、スタッフオンリーと書かれた扉から休憩室に走り込んでいった。

「岡田？」

彼のあとを伊織は追った。

従業員が一服できるようになっている休憩室には、ソファが設置され、給湯ポットやコーヒーサーバーがしつらえられている。

「岡田」

「もう、辞めます」

「え？」

「ずっと思っていたんですけど。俺、やっぱりこの仕事に向いていません」

仕事にトラブルはつきものだ。どんなに慎重に、細心の注意を払っていても、何かが起きるものなのだ。

伊織はじっと彼を見た。岡田はソファで背を丸めている。自分より身長のある彼が、やたら小さく見えた。

伊織は営業からマーケティングに抜擢《ばってき》された。

暑いときも寒いときも、とにかく足を使ってこまめに顔を繋《つな》いでいく営業が嫌いではなかった。だが次第に、提供された商品を売り込むだけでなく、自分がこれと思う、目立たないながらもいい商品を見つけ出し、戦略を立て、買い手に知ってもらいたいと願うようになった。滝本物産マーケティング部は主任格になると社内でも一目置かれ、かなりの裁量をまかされる。伊織にとっては願ってもない異動先だった。

伊織よりもいい大学を出ている岡田は、最初からマーケティング部にいる。自分よりもずっと早く今の位置にいることの意味と幸運に、彼は気がついていないのに違いない。

「それに、俺……。会社の歯車になるとか、好きじゃないし……」

「……そうか」

彼の実家は、中規模ではあるが会社を経営していると聞いている。実家の会社に入れば次期社長だ。いつでも帰れるという意識が、彼の中で甘えに繋がり、滝本物産では「仕事をやらされている」気分が抜けない。

「岡田。深呼吸してみろ」

伊織の言葉に「深呼吸？」と彼は首をかしげる。

「ああ。いいから立って深呼吸だ」

言われて彼は立ち上がり、息を吸って吐く。吸って吐く。

「それから、胸を張る」

「こう、ですか？」

素直に従うのは、岡田のとてもいいところだ。

「どうだ？」

「あ、なんだか。どきどきしていたのが直ってきた気がします」

それはよかったと伊織は言った。

「岡田。人間の心って意外と単純なものらしいぞ。身体と密接に繋がっている。背中を丸めたまま、明るいことは考えられないし、胸を張って暗いことも言えないらしい。だから、今はとにかく胸を張っていろ。それに、おまえがいたから仕掛けが全部おじゃんにならなくて済んだんだ。最後のアトラクションが始まってしまったら、やり直すことさえできなかった。もうどうせ終電には間に合わない。時間はたっぷりあるんだ。ゆっくりでもいいから、慎重にな」

「……はい」

岡田は、心持ち身をそらしながら休憩室を出て行った。

伊織は時間を見た。メシにしてやりたいが、近くにコンビニはなかったはずだ。

しばらく考えて、携帯を取り出すと、電話をかけた。

「すまない。緊急の用事で今日はこちらに泊まりになりそうなんだ。それで、きみに迷惑をかけてしまうが、持ってきて欲しいものがある――」


このあたりは路面店とオフィスばかりで、深夜には人気《ひとけ》がなくなる。

伊織が百貨店の裏口前でコートを引っかけて待っていると、タクシーがとまった。

中から貴船が出てくる。

少し髪がほつれていたけれど、茄子紺《なすこん》のコートを着た貴船は、ただそこにいるだけでさまになる。

「はい、これ」

そんな相手に、こんなものを持ってこさせるなど。

「ありがとう」

炊飯器。中には米と水が入っている。

ずっしりと重いそれを、伊織は受け取る。

「それからこれも。頼まれたものが入っていますから」

大きな紙袋を数個、渡される。

「悪いな。せっかく今日は休みなのに」

「いえ。あなたの顔が、見たかったですし」

「俺も」

「なんですか?」

聞こえていただろうに、貴船がにっこり笑って聞き返してくる。

「俺も、おまえの顔が見たかった」

貴船は満足したようだった。

「どうですか? なんなら、お手伝いしましょうか?」

「いい。おまえが来たら何ごとかと思われる」

「冗談ですよ」

「それに、だいたいめどがついてきた」

貴船の手が伊織の顔を撫《な》でた。

「貴船？」

「あなたと同じ会社の人が、うらやましくなるときがあります。いつも、あなたと一緒にいられる」

伊織は笑う。

「同じ会社だったら、俺が困る。おまえがいると落ち着かないからな。週末に会えるくらいがちょうどいいペースだ。楽しみに待てる」

貴船は溜息《ためいき》をついた。

「そうですね。じゃあ、僕もおとなしく待つことにします」

そう言って手を振って帰って行く。


午前二時を回った頃、ドミノはあらかた並べ終わった。早川ディスプレイの社員数名が最終確認をしている。中でもガラス玉を落とし、今回のアクシデントの原因を作ってしまった三浦は、岡田が顔をしかめるくらい入念に、床に這いつくばり、上から覗《のぞ》き、細かくドミノを直していた。

そろそろ飯が炊ける頃だ。

伊織は休憩室で手洗いをする。炊きたてごはんの半分をボウルにあけ、そちらにゆかり、炊飯器のほうには鮭《さけ》フレークを混ぜる。ラップを切って並べ、ごはんをのせては握っていく。きれいに形の揃《そろ》ったおにぎりが、できあがっていくのを見るのは楽しい。

「ごはんの匂いがする……」

くんくんと鼻をうごめかしながら、清水が部屋に入ってきた。いい嗅覚だ。

「おにぎりですか?」

彼女はまだ靴を履いておらず、ストッキングのままだった。

「弁当を買ってきてもらうか迷ったんだが……」

「お手伝いしましょうか?」

「そうだな。できたのを持って行ってくれると助かる。早川の人たちにも勧めてくれ」

「わかりました」

「ああ、そうだ。ひとつ、食べてみてくれないか」

「じゃあ、鮭のほうを」

「手を洗ってからにしろよ」

彼女はおにぎりを手に取ると、ラップを剥いてひとくち食べ、「なにこれ……！」と感嘆の声をあげた。

「すっごくおいしいです」

「それはよかった。これだけなんだ、自信があるのは」

「どこが違うんでしょう。握るときの力加減なのか、味付けなのか。形もきれいだし。佐々木主任の手はおにぎりを握るためにあるような手ですね」

彼女は食べ終わると、おにぎりを山と載せた皿を持って出て行った。

外でみんなを呼んでいる。

「お腹《なか》すきましたよね。ごはんにしませんか？　佐々木主任のおにぎりですよー！　おいしいおいしいおにぎりですよー。手を洗ってきてくださーい！」

休憩室から出て外を見ると、わらわらと人が集まってきて、作業台の上に置いたおにぎりを食べ始めている。

仕事にめどがついたのもあって、和やかな雰囲気になりつつあった。

「全体のチェックが終わりました」

早川が伊織に報告してきた。

「ヴェークのディスプレイ、明日のデモに支障なしです」

伊織はほっと息をつく。

「それでは、ここでいったん解散しましょう。遅くまでお疲れ様でした。明日も早いので、タクシーで各自帰宅して少しでも休んで下さい。私は念のため、ここで待機しています」

ぞろぞろと裏口から皆が出て行く。早川も近くのホテルに宿泊しているので何かあったら呼んで欲しいと言い置いて退出した。

伊織はフロアの隅に養生シートを敷くと、貴船に持ってきてもらった毛布を取り出し、くるまった。

「あ、あの」

気がつけば、岡田がしょんぼりと傍らに立っている。

「おまえ、まだ帰宅していなかったのか？」

「その。気になっちゃって。俺も、ここにいていいですか」

「……そうか」

空調を止めてしまったので、フロアは寒くなってきていた。伊織は毛布の片側をあける。

「悪いが、ここに」

岡田はひるんだが、入ってきた。彼は明るい色のスーツを着ている。よく似合っている。自分だったら絶対に着ないし、しっくりこない色だ。

「おにぎり、おいしかったです」

「それはよかった。あれだけは褒められるんだ」

「褒められる……」

疲れているせいか、いつもより舌がなめらかだ。

「ああ。ほかの料理はいいところレシピどおりにできるぐらいなんだが、なぜかおにぎりだけは絶賛される」

「……」

岡田は身を固くしている。

「あの。さっきは、申し訳ありませんでした」

「ん、何が？」

伊織は半分寝そうになっていた。

「佐々木主任に、失礼なことを……」

「ああ」

くくっと伊織は笑った。

「なあ、岡田。歯車がいやってなんだかかっこいいけれど、一人の力で何かを成し遂げようとしても難しいと、俺は思うんだ」

今は照明を落とされた、クリスマスツリー。

「このデモンストレーションだって、一人ではできなかった。ここの百貨店の特設売り場で去年のクリスマスシーズンに実績を出して、ドイツにある玩具会社と交渉し、早川ディスプレイと打ち合わせて、さらに広告会社と話し合って……。そうしてやっとできあがる。歯車というと、否定的なイメージがあるけれど、俺は、社会の一部として動くことが、好きなんだ」

「はい……」

「岡田は将来、親御さんの会社を継ぐつもりなのか？　だとしたら、そのときにはそれこそたくさんの歯車を抱えて円滑に動かすようにしないとな」

「あの。本当にすみませんでした。俺、生意気で。未熟で。まだ全然、佐々木主任のお役に立ててないのに、口ばっかりで……」

そんなことはない。

「なに言ってるんだ。さっきのガラス玉をあそこで止めてくれたじゃないか。助かったよ。いいダッシュだったな。学生時代は何かスポーツをやっていたのか？」

「あ、はあ。テニスを」

「……」

伊織は身を乗り出して、彼の腕を取った。左右の腕の太さを、服の上から握って確かめる。

「なるほど。右腕のほうが太いんだな」

「あ、はい」

岡田はびくびくしている。耳の色が赤い。

「ああ、すまない」

男に腕をいきなり掴《つか》まれるなんて、いやだよな。岡田が女子だったらセクハラと言われる仕打ちだ。しかし。

「隙間ができると寒いな。もうちょっとくっついてもいいか」

「ははは、はいっ！」

岡田がやたら甲高い声で言った。

「汗くさくてすまない」

「そんなこと、ないです！」

始発まで、あと二時間と少し。伊織はとろとろと眠りに落ちていった。


早朝。

伊織は、休憩室でタオルを湯に浸して身体を拭き、貴船に持ってきてもらったスーツとシャツに着替えた。

始発と同時に、次々とツリー下に人が集まってくる。早川ディスプレイ、百貨店の催事担当、広告会社、プレス、警備会社。広告会社のカメラマンが、大型スクリーンに仕掛けを映すため定点カメラの設置を始める。

早川ディスプレイがもう一度チェックを行い、足場を外し、ドミノストッパーを引き抜いた。警備員がツリー両脇に待機する。

開店を告げるアナウンスが流れ始めた。正午からのデモだというのに、人が徐々に集まってくる。

それを伊織はツリーの陰、モニターがしつらえられた場所から見ていた。早川や三浦もここからデモを見守る。

いつも思うけれど。

物事は、ここまで――当日まで――をいかに細やかにやったかが成功の鍵になる。

うん、大丈夫。

リサーチをした。納得がいくまで話し合った。こことと思うところに時間をかけた。

早川ディスプレイもいい仕事をしてくれた。

昨日とは違ってスーツ姿の早川が心配そうに言った。

「うまく行ってくれるといいんですが」

「行きます」

伊織は力強く答えた。

十二時ちょうど。店内に鐘の音が鳴り響く。

早川が合図をした。ツリーの一番上、星のすぐ下まで、吹き抜けに面した三階から透明なチューブが通っている。銀色の玉は、そこを転がってくる。かたん、と音がした。玉がヴェークのレールに乗ったのだ。そうして木のレールを走り始める。

天使が白い翼を羽ばたかせた。くるみ割り人形が顎を鳴らした。バレリーナはくるくるとピルエットを踊り、ギフトボックスが開いてクリスマスのお菓子が飛び出し、雪を模した綿からスノーマンが立ち上がった。

一番下まで落ちてきた玉は先頭のドミノを倒す。そうしてから、ツリーの周囲に配置された金属鍵盤の上を、通過していく。鍵盤は「ジングルベル」のメロディを奏でた。その間にもドミノは市松模様に倒れていき、最後には「Santa Claus Is Coming to Town（サンタが街にやってくる）」の文字を描いて止まる。ツリーの周囲を一周した玉は正面の穴にコトンと落ちた。ジングルベルのメロディの余韻が去らないうちに、鈴の音が聞こえ始める。

「上！」

最初に気がついたのは最前列にいた男の子だった。

「ほら、あっち！」

指さしたのは、吹き抜けの一番上。張り巡らせたピアノ線の上を、サンタを乗せたトナカイのそりが疾駆してくる。

シャンシャンシャンと音は次第に近くなり、サンタは右に左に、曲がりながら近づいてきて、しまいにはクリスマスツリーのすぐ脇、観客の真上で止まった。

サンタとトナカイは人形であり、あらかじめプログラミングされての動きなのだが、なめらかで、トナカイ一頭一頭が違う動きをする。先頭のトナカイ、ルドルフの鼻がちゃんと赤いのも手が込んでいた。

サンタが下を覗き込んだ。

「メリークリスマス！」

声とともに、色とりどりのリボンが、サンタの袋から舞い散った。リボンはひらひらと、空中を漂っていく。たくさんの人の手が伸びて、リボンを受け取る。

その様子を見届けてサンタは満足したように見えた。

伊織の隣で早川が長く息を吐いた。

青いつなぎを着た三浦が、力強くガッツポーズをしている。

「天使、くるみ割り人形、鍵盤楽器を含んだ『ヴェーク』のクリスマス特別セットは当店の玩具売り場にございます」

「初心者向けの基本セットもありますので、ご覧下さい」

「実際にさわって試して組むことができます。こちら、パンフレットでございます」

百貨店の玩具売り場の社員と伊織の部下たちが、「ヴェーク」のパンフレットを配り始めている。

デモイベントは、無事に終わった。

――そんなことをしても、結局はゴミをまき散らすだけじゃないか。

会議で誰かがそんなことを言っていた。

いや、違うんだ。そうじゃない。

すべての人が無意識のうちに、クリスマスシーズンを無事に迎えられたことを喜んでいる。その思いを形にしたのだ。

今年。自分にも色々なことがあった。妻と離婚した。貴船と恋に落ちた。怒ったり、意地を張ったり、抱き合ったり。忙しい年だった。

隣の早川に声をかける。

「終わりましたね」

「終わりました。ドミノが引っかからなくてよかった」

伊織は手を出す。早川は慌てて手をハンカチで拭いたが、手のひらはしっとりと汗ばんでいた。それだけ緊張していたのだろう。

「ありがとうございました、早川さん」

「こちらこそ。やりがいのある仕事でした」

まだ人が去らない。ツリーを指さして何か話したり、玩具やレールを携帯で写している。岡田が、子供にパンフレットをせがまれ、渡すときに腰を落として目線を合わせているのを見て、伊織は微笑んだ。

――なあ、岡田。

伊織は心の中で彼に話しかける。

――いいものだろう、会社って。たまには、心から働いていてよかったと思うことがあるだろう？

ツリー裏で、ＣＭ写真とビデオのチェックに入る。

「今はその場で確認できるので楽になりましたよね」

広告会社のカメラマンはそう言いながら、伊織にいくつか映像を見せてくれた。

「どうですか。だいたいうまく撮れていると思うんですが」

「ええ、とりあえず問題なさそうですね。あとは後日の打ち合わせで」

話がまとまり、片づけに入る。イベントあとの清掃は、本来は自分たちの仕事ではないが、できるだけ手伝うことにしている。いつもは不満を態度に出す岡田がまじめな顔でゴミを拾っていた。

「だいぶきれいになったな」

清水がうなずく。

「はい。かなりの人が、リボンを記念にと持って帰ってくれたので、助かりました」

クリスマスが終わるまで、ツリーとサンタはこのまま正面玄関吹き抜けに飾られる予定になっている。

伊織は、スタッフ全員に挨拶《あいさつ》する。

「これで『ヴェーク』のイベントは終了します。途中でアクシデントがありましたが、予定動員数を上回り、パンフレットを追加するほどでした。皆様のおかげです。ありがとうございました」

言って頭を下げる。

「佐々木さん、お疲れ様でした」

「お疲れ様。おにぎり、ごちそうさまでした」

互いに声を掛け合い、解散する。

無事に終わった。なんとかなった。

ほっとしたと同時に、目の前が歪《ゆが》んだ。

「主任！」

岡田に支えられる。足を踏ん張ろうとするが、果たせない。

清水に指摘された。

「顔色、よくないですよ」

「大丈夫だ。少ししたら治るだろう」

「熱はなさそうですよね」

清水は携帯を片手にしていた。

「今、タクシーを呼びますから」

「いい。電車で帰れる」

「荷物を持ってですか？　今の佐々木主任には無理ですよ。岡田くん、方向同じだよね？　主任を送って行ってくれる？」

伊織は首を振る。

「そんなのは、いいから」

「あ、俺、行きます！」

そう言った岡田に、清水は休憩室から荷物一式を持ってきて押しつけた。裏口に着いたタクシーに、先に伊織、あとから岡田が詰め込まれる。

伊織が住所を告げるとタクシーが発進した。

過ぎる景色を見ていると、岡田が話しかけてくる。

「うまく、行きましたね」

「ああ」

「どうなるかと思ったけど、みんなが喜んでくれて、よかったです」

「そうか」

伊織はタクシーのシートにもたれた。意識が朦朧《もうろう》としてきていた。

少し寝ていたのかもしれない。ふと目をあけると、もう自宅の近くだった。

伊織は手を出す。

「岡田、荷物をくれ」

しかし岡田は離さなかった。

「部屋まで持って行きます」

それは、困る。とても、困る。

伊織は岡田に白状した。

「部屋で、待っている人がいるんだ」

「え……。あ、でも。主任は、最近、離婚されたって」

「ああ。でも、いるんだ。意外に思うか？」

「あ、いえ」

うろたえた末、岡田は素直になった。

「……はい」

そうだろうな。

「俺もだ」

貴船。もうすぐ貴船と会える。

そう考えるだけで昂揚《こうよう》する。嬉しくなる。自分を見て、にやついていた貴船をまったく咎《とが》めることができない。

気がつけば、伊織はくすくす笑っていた。

「まったく。人生、何があるかわからないな」

タクシーがマンションの前に着いたとき、岡田は素直に伊織に荷物を渡した。

片手に毛布やスーツ、海苔《のり》とラップの入った紙袋、もう片手には炊飯器。炊飯器は昨日持ってきてもらったときよりもずっしりしているように思えた。米と水がない分、軽いはずなのに。きっと自分が疲れ果てているせいだろう。

鍵を出すのが面倒で、玄関チャイムを何回も押す。中でチャイム音が鳴り響いているのが聞こえた。

「伊織さん?」

ほどなくドアが開き、貴船が荷物を受け取る。伊織はそのまま、あがりがまちへうつぶせに上体を預けた。

「眠いー」

「その様子だと無事に終わったようですね」

「ああ。一時《いちじ》はどうなるかと思ったが、なんとかなった。昨日は、ありがとう」

「全員分のおにぎりを作るとか……」

貴船がひざまずき、伊織の手を取り、口づけた。

「くすぐったい」

伊織はくくっと笑う。

「あなたの、そういうところ、僕は大好きなんです。たまらなくなる」

「んー？」

伊織は目を閉じる。部屋の中は暖かい。貴船がいる。嬉しい。いい。もう、ここでこのままで。

「伊織さん。玄関で寝ちゃだめですよ。風邪を引くから」

「ん……」


「……あれ？」

眼が覚めたときに、ここがどこか一瞬、わからなかった。

「あ、あ」

自分の部屋だ。寝室だ。

今日着ていたシャツのままだった。

玄関で「もうここで寝る」とだだをこねたのを思い出して恥ずかしくなる。子供じゃあるまいし。

いや。あんなわがままを言うなんて、子供のときでもなかったことだ。

「あの……」

おずおずと台所に行くと、いい匂いがしていた。貴船が優雅に長い足を組んで本を読んでいた。

横文字だ。イタリア語かフランス語の本らしいと見当をつける。

彼は本を閉じるとこちらを見て立ち上がった。

「ああ、起きました？　よかった。ちょうど、夕飯にしようと思っていたんです」

「ああ」

「今日はビーフシチューにしてみました。一日中家にいましたからね。じっくり煮込んで……。もう沸いてますから、お風呂に入ってくるといいですよ」

「ごめ……」

貴船はおや？　というように笑った。

「伊織さんが謝ることはないでしょう」

「ずっと、寝てた。せっかくおまえがいるのに」

「最近は今日のイベントにかかりっきりでしたからね。疲れてたんでしょう」

「ん……」

そうだ。

「俺が風呂から上がったら、あれを、飲まないか？」

「あれ？」

「貴船の持ってきた、シャンパン」

伊織の離婚が決まった際にあけようと思っていたであろう、金色の箱に入ったシャンパン。飲む機会がなく、今日まで来てしまった。

「大丈夫ですか？　すきっ腹に」

「ちょっとなら、たぶん」

「そうですね。伊織さんの仕事も一段落しましたし」

伊織が風呂から上がると、貴船がシャンパングラスをテーブル上に用意していた。

彼が持ち込んだものだ。

手描きの草の蔓《つる》の模様の入ったグラスで、ふたつは少しだけ形が違っていた。きっと手作りなのだろう。

野菜室から慎重に箱が出される。どっしりとした金色の箱。側面の四角いボタンを押してあけると、中から黄色のセロファンに包まれたシャンパンが姿を現す。思ったよりもボトルのガラス——特に底——が、厚い。貴船が慣れた仕草で栓を抜き、グラスに注《そそ》いだ。黄金《きん》の泡が、グラスの中に細かく立つ。

「お疲れ様でした」

「ああ。ありがとう」

「じゃあ、乾杯」

軽くグラスを合わせて口をつける。

冷えたシャンパンは伊織が想像していたよりも、もっとずっと辛口で、最初は面食らった。伊織の知っているシャンパンは、おいしいサイダーというイメージのものが多かった気がするが、これはむしろ男性的な味わいだ。

複雑な味が口に広がる。

林檎《りんご》、桃、バニラ、カラメル……——。

もうひとくち飲んで思う。これは、なんだか貴船みたいだな。目の前にいる、この豪奢《ごうしゃ》な男みたいだ。

そうだ、こいつを飲み物で表すとしたら、まさしくこんな感じだ。

上品でそつがなくて冷静で穏やかで、でも、ときに驚くほどの激情を見せる。それから、ベッドの中では——

何を考えているんだ。

伊織は一気に酔いが回るのを感じた。

ただ黙々と飲む。そのせいで、シャンパンはすぐにあいた。

「ごはんにしましょう」

貴船が立ち上がった。その後ろ姿に、声をかける。

「あの」

彼は振り向く。

「なんですか?」

言いづらくて、恥ずかしくて。そんな自分を貴船がじっと見つめている。

伊織の言葉を待つ沈黙に、なおいっそう酔いが回る。ためらってしまう。貴船が誘いを断ったことなど一度としてないにもかかわらず、だ。

「腹、すごく減っているか?」

「そこまでは」

「あの、あのな」

声がまた小さくなる。

「それより、おまえのほうが欲しいんだ」

貴船が柔らかく笑う。

「シャンパンの魔法、ですか？」

貴船は近づいてくると伊織の耳たぶに指先で触れた。

「奇遇ですね。僕もそうできたらと思っていました」


再びこの部屋に通うようになってから、貴船はまた髪をやや長く伸ばしている。そのほうが好きだ。彼の柔らかい髪が身体を撫でていく、あの感触がたまらない。

そして肌をくすぐる、指先のなめらかさ。

じわじわと官能を開かされていく。

たわいない話をしていたさきほどの日常から、無我夢中でよがり狂うところまで、ゆっくりと進んでいく。いったん劣情にとらわれてしまえば、理性は吹き飛び、自分というものさえわからなくなる。気持ち的に楽になれる。なのに、貴船はあせらない。

じりじりと。耳たぶ、顎の先、肩から指へと、時間をかけて柔らかく触れてくる。

思い知らされる。

どちらも自分だと。別の生き物に変化するわけではないのだと。最初の頃はまだ少しはあらがえたこの身体が、もうすっかりと、彼に飼い慣らされ、もっと淫靡《いんび》なことをしようと無邪気に誘いかけるのを、ただ見守るだけなのだ。

「もう、いいから……」

「うん？」

貴船は知っているはずだ。彼がその気になれば、自分は三秒で忘我の境地に達することができるのを。

「だめ」

しかし、彼はそれを許さない。

日なたのキャラメルが熱に溶け出すように、時間をかけてゆっくりととろかされる。そうして最後に、胸の突起に唇が触れる。

「ん、くう……っ」

待たされ続けて、そこは勝手に色づいている。

この部分をとっておくのは、ひどく鋭敏だからだ。とろとろのぐずぐずになった自分は、深く咥《くわ》えて欲しくて胸を突き出してねだる。

こちらに見せつけるみたいに乳首に舌を這わせられると、底なしの欲望に足を掬《すく》われて、声を出してしまう。

「あ、あ。もっと。もっと」

もっと強くして、もっと淫らに音を立てて。いっぱい、いっぱい、いやらしいことをして。

貴船の指にペニスを捉えられる。胸の先を、痕がつくのではないかと思うほどに強く吸われながら、ペニスを指で撫でられた。

伊織の性器の先端から、透明な滴が流れて落ちた。到達できなくて苦しい。それなのに気持ちいい。耐えて耐えて、それから一気に貴船の手でこすり立てられて、精を放出する。

達したのに、もっと深い悦楽を知っている伊織の腰の中では欲望が渦巻き始めて、おさめようがない。

貴船の指先で受け入れる部分にジェルを送り込まれる。キスを繰り返し、上顎を中から舌で撫でられて陶酔に身をまかせる。

なんて違うんだろう。この男と知り合うまでのセックス、直線的で単純な快楽とは。

どこまでも豊かで、複雑で、なだらかに、何度も、繰り返し、繰り返し、甘美な波が来て、次第に高くなり、最後には怒濤《どとう》のように飲み込まれるのだ。

——あなた、知らないんでしょう？　身体のすみからすみまで愛されて濡《ぬ》らされてとろとろになって、絶頂に我を忘れる——。そういうセックスをしたこと、ないんでしょう？

最初にしたときに、貴船は、そう言っていた。

——僕が、あなたに教えてあげる。あなたの身体に、刻み込んであげる。

今ならわかる。あのときは、ただ怯えて聞いていたが、彼は本気だったのだ。どこまでも真面目に、この身体を変えにかかっていたのだ。

なんだか、悔しい。

「なにが？　悔しいって？」

「手を、止めるな」

考えていただけだと思っていたのに、いつの間にか口から出ていたらしい。

「だって、そうじゃないか。こんな。こんな。こんなの」

おまえとするまでは知らなかったんだ。この身体のどこもかしこもが、こんなふうに疼《うず》くようになるなんて。こんなに深い、今でもどこに底があるのかわからない、貪《どん》婪《らん》な欲望を自分のうちに抱えることになるなんて。まるでおまえを受け入れるために特別にあつらえられて、おまえ以外とできない身体になってしまったようだ。

「何を、笑っているんだ?」

「だって。あなたは僕を変えていないとでも?」

貴船は指を増やして、内部をまさぐりながらささやく。

「女性と遊ぶことが楽しかったのが今では信じられないんですよ。僕はあなたを……ただ、あなただけを歓《よろこ》ばせたい。もし、人に魂というものがあるなら、それこそがあなたのための形になっている」

伊織は貴船の唇をつまんだ。

「口がうまいな」

貴船はちろりと舌を出して、伊織の指先を舐《な》めた。

「ん……」

両の足をあけられ、押し開かれると、恐くなる。

痛みではなく、快感を恐れる。

「あ、あ」

まだ、この、貴船の先端の丸みでさえ押し入りきっていないというのに。

「は、ああ」

さきほど精を吐いた伊織のペニスは、半分勃《た》ち上がっただけなのに、頂点を耐えているかのように、先端から透明な液をあふれ出させ続けている。

「ふ、ああ……！」

いくら慣れたとは言っても、男の身体だから。傷をつけないように、痛みを感じないように、貴船がそれはそれは自分をだいじに扱ってくれるのは嬉しい。

でも。

焦れったさに歯がみしたくなる。腹が減ったところに身体に悪いからほんのちょっとと言われても我慢できない。

ぐっと伊織は足を貴船の腰に絡ませた。

「え、え」

貴船が戸惑う。

自分は。彼のあせった顔や、困った顔が好きだな、と思う。滅多に見ることができない。自分だけのもの。

口元に笑みを浮かべて彼を見据え、絡めた足で彼の腰を引き寄せて、迎え入れた。

「ふ……」

身体の中を、貴船が入ってくる。この形だ。この質感で、この大きさで、この硬さだ。

「貴船。おまえとしたかった。すごく」

拙い言葉で伝える。とても飢えていたことを。恋しかったことを。

内部の指一本ほどの深さもないところ、たぶん前立腺があるだろう箇所で、伊織は動きを止めた。ざわっと肌が総毛立っている。

「ん……!」

「いいの？　嬉しい？　ねえ、伊織さん？」

神聖なものにかしずくみたいに、貴船は伊織の足を抱え直して、その箇所でゆるゆると弧を描いた。

「あ、あ」

呼吸をするそのたびに小さな波のように悦楽が訪れる。

皮膚で隔てられた別々の身体だから、もどかしい。でも、だからこそ愛おしい。

ぐっと足を持ち上げられ、最奥まで入れられる。

「ああ……っ」

伊織は、いきなり来た高い波に喘《あえ》いだ。ぎゅうと貴船のペニスを締め上げるのを、感じる。

「くっ」

貴船が達するのをこらえる。その顔も、好きだ。

誰にもこんなにならない。おまえのようではない。

「この身体は。どんどんたちが悪くなる」

彼にしては乱暴な物言いにおかしくなる。

「おまえがそうしたんだろう？」

「僕は一生、あなたにかなわない」

ひれ伏すようなキス。

ちょっと待って、と彼が言って動きを止める。呼吸を合わせる。

貴船が大きく動いた。いいところに彼のペニスが到達して、伊織は身を震わせる。

「き、ふね……」

膝をさらに深く折り曲げられる。

ふたつの身体が、限界まで深く繋がり、離れ、また、繋がる。

まだ。まだいかないで。もっとよくして。

「もっと、あなたを味わいたいのに……！」

息を振り絞り、含んでいる貴船のペニスがいっそう膨らみ、頂点を迎えた。

「ん……っ！」

ずしんと大きな岩のような、ぶつかったら砕かれてしまうような、絶頂。打ちのめされて、息さえ止まりそうな。

「は、あ……」

ゆっくりと貴船が出て行く。伊織は足先でそっと彼のふくらはぎを撫でる。

二人ともが苦しんで、頂点を目指すなんて、なんだかおかしなことだ。まるで二人して高い山でも登っているみたいだ。

「なに？」

「すごく、よかった」

「頑張りましたから」

「そうだな」

「ねえ、伊織さん」

貴船は聞いた。

「もう一回、しても、いい？」

貴船からのこんな懇願は珍しい。あまりがっつく男ではないのだ。

「うん」

まだある。まだいける。そう身体がささやいている。

「奇遇だな。俺もそうしたかったんだ」


伊織はビーフシチューを、物凄《ものすご》い勢いで食べていた。

「もっとゆっくり食べないと、身体に悪いですよ」

貴船があきれてこちらを見ている。

そういえば、今日はほとんどメシを食っていなかった。携帯栄養食をスポーツドリンクで流し込んだきりだ。

「うまい」

「それはよかった」

「なんだか、俺たち、終わったあとにはメシを食ってばかりだな」

「伊織さんが待てないから」

言われて、伊織はそうだなと同意する。

「メシよりまず貴船が欲しかったからな」

貴船のスプーンが止まった。

「どうした？」

「あの。そう来るとは思っていなくて。『俺が悪いのか』とか、『おまえのせいだろう』とか、返されるとばかり」

嬉しいというか、と貴船は、彼らしくなく赤面しながら言った。

「……照れます」

二人は無言になった。

しばらくしてから伊織は口を開く。

「肉がスプーンで切れるんだな」

「そうですね。いったん圧力鍋にかけたので」

「なるほど」

「あの……」

貴船が言いよどんでいる。

「なんだ?」

「明日は、平日だけれど二人して休みでしょう?」

伊織はデモイベントのために三週間ほど連日出勤していたので、代休をとっていた。それに合わせて貴船も有休を申請している。

「ここに行きませんか?」

そう言って出してきたのは東京近郊にあるテーマパークのチケットだった。若い女性や子供たちには大人気のところだが。

「俺たちがか?」

「だめですか? 平日なら知り合いに会うこともないだろうと思ったんですが」

貴船はしょげる。

「僕は自分が目立つ風貌なのは自覚しています。だから今まで、あなたと出かけたことは一度もなかったですよね。買い物に行くのも、僕がここに来る前に買ってくるか、あなた一人で行くかで。もちろん、この部屋であなたと会うのも楽しいんですが。僕は、あなたと、どこかに出かけてみたいんです」

このテーマパークは恋人たちの定番デートスポットだ。そうか、自分たちはデートというものをしたことがないんだなと伊織は改めて思った。

「こんないい歳の男と行っても、おもしろくないかもしれないぞ」

「そんなことないですよ！」

イエスの返事と理解した貴船が、満面の笑みを浮かべる。

あまりに嬉しそうにしているので、こちらまで胸が熱くなった。伊織は思わず口にしていた。

「おまえは、ほんとに俺のことが好きなんだな」

それを聞いた貴船は、にっこり笑って返してきた。

「そうですよ。僕はもう、あなたの虜なんです。わかっていただけて、嬉しいです」

あとがき

初めまして、ナツ之《の》えだまめです。

私の最初の本となる「うなじまで、7秒」のご読了、ありがとうございました。

読まれる皆様方には、貴船《きふね》や伊織《いおり》とときめきや喜びを分かち合っていただき、ひととき、浮き世の憂さを忘れていただければ光栄至極に存じます。

思えば一回目の打ち合わせで提出したキャラクター設定では、攻めは貴船ではなく、むしろ岡田《おかだ》に近い、年下わんこでした。私が「ほんとは攻めとして、日米ハーフ二十九歳、翻訳会社勤務の遊び人がまず頭に浮かんだんですけど、あまりに普通すぎますよねー（あれ？　いま考えるとそこまで普通でもないような）」となにげに口にしたときに、編集さんが「あ、そっちで行きましょう。そのほうが、ときめきます」とおっしゃって下さった瞬間に、貴船と伊織というカプは出来上がりました。

伊織さんがどこまでというところまで逃げるので、どうなることかと思いましたが、貴船の努力の甲斐《かい》あって（うん、貴船は頑張った）、おさまるところにおさまったようです。よかった、よかった。

表紙と挿絵を高崎《たかさき》ぼすこ先生に担当していただけることになったときには、嬉《うれ》しさのあまり、携帯電話片手に踊りました。こんなにスーツを愛している方に描いていただける貴船や伊織は、なんて幸せ者なのでしょう。本当にありがとうございました。

また、初代担当のH様には、厳しくも温かいアドバイスをいただき、感謝の言葉もありません。そして二代目担当のS様、楽しいトークと真摯なアドバイス、いつもありがとうございます。これからもどうかよろしくお願いいたします。

離婚に関しての法律や家庭裁判所につきましてはYS様に、物産会社の組織そのほかに関しましてはAM様に、ご助言をいただきました。厚くお礼申し上げます。

一生懸命働くおにいさんやおじさんっていいですよね。どうかまた、いつかお会いできますことを。

ナツ之えだまめ　拝

ありがとうございました♥

2014年フルール新人賞
開催決定！

「女性による女性のためのエロティックな恋愛小説」
がテーマのフルール文庫。
男女の濃密な恋愛を描くルージュライン、
痺れるような男性同士恋愛を描くブルーライン、
それぞれのコンセプトに沿った作品を以下のとおり募集します。

ルージュライン Rouge Line

小説部門

小説大賞 ……… 賞金 **50万円**

小説優秀賞 ……… 賞金 **20万円**

佳作 ……… 賞金 **3万円**

イラスト部門

イラスト大賞 ……… 賞金 **30万円**

イラスト優秀賞 ……… 賞金 **10万円**

ブルーライン Bleu Line

小説部門

小説大賞 ……… 賞金 **50万円**

小説優秀賞 ……… 賞金 **20万円**

佳作 ……… 賞金 **3万円**

イラスト部門

イラスト大賞 ……… 賞金 **30万円**

イラスト優秀賞 ……… 賞金 **10万円**

詳しい応募方法は、WEB小説マガジン「フルール」公式サイトをご覧ください。

2014年フルール新人賞応募要項

http://mf-fleur.jp/rookie/

みなさまのご応募、お待ちしております。

仕事はもちろん、
恋だって、
ぜんぶ会社に
揃ってる!!
会社は踊る
Kaishawaodoru by Ian Hatomura
鳩村衣杏
Illustration 小椋ムク
Bleu Line
シンデレラの舞踏会みたいに、理想の恋も人生の喜びも、すべてが揃った舞台の名前は“会社”――!? ワーカホリックに陥り、体調を崩してしまった生真面目編集者・直が転職したのは、エンタメ系の出版社。転職早々社内イベントの運営委員長に選ばれて、破天荒なプロモーション担当者・渡会や、ノリのいい同僚たちに巻き込まれるように、仕事に、イベント準備に、はたまた恋に、走る・悩む・踊る!!
好評既刊

フルール文庫　Bleu Line

ふったら どしゃぶり

When it rains, it pours

一穂ミチ　Illustration 竹美家らら

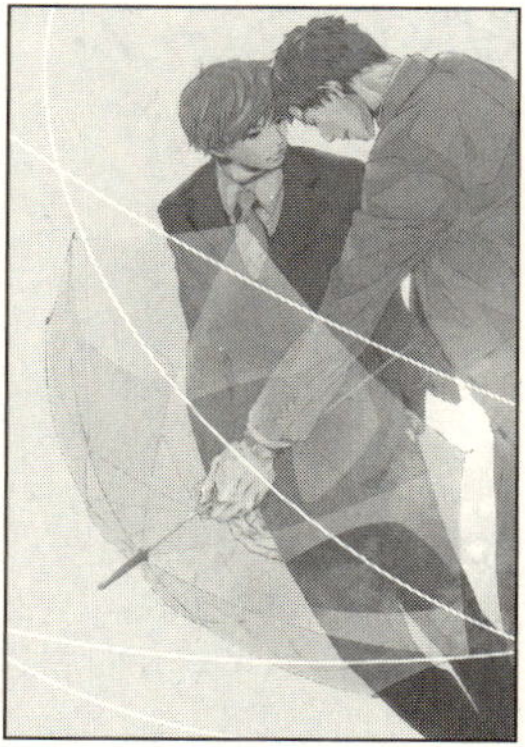

恋人とのセックスレスに悩む一顕と、同居中の幼馴染を想い続ける整。ある日、一顕が送信したメールが手違いで整に届いたことで、奇妙な交流が始まった。互いに抱える報われない想いがふたりの距離を近づけて——。

やがて恋を知る

葵居ゆゆ　Illustration 秀良子

初恋の人でもある義兄・杉沼から与えられる痛みを伴った快感と、会社の部下・史賀から向けられる真摯な愛情との間で揺れ動く安曇の心。快楽に弱い自身の身体を厭い、心を閉ざしてしまった安曇を救うのは——。

好評既刊

フルール文庫　*Rouge Line*

私があなたを好きな理由《わけ》

草野 來　Illustration 真咲ユウ

メガネフェチの図書館司書・マキはIT系メガネ男子の亮と同棲中。Hの最中もメガネ姿の彼が、ある日コンタクトを購入。それをきっかけにマキは悩む。メガネ男子が好きなのか、それとも彼が好きなのか――。表題作のほか恋愛短編２作を収録。

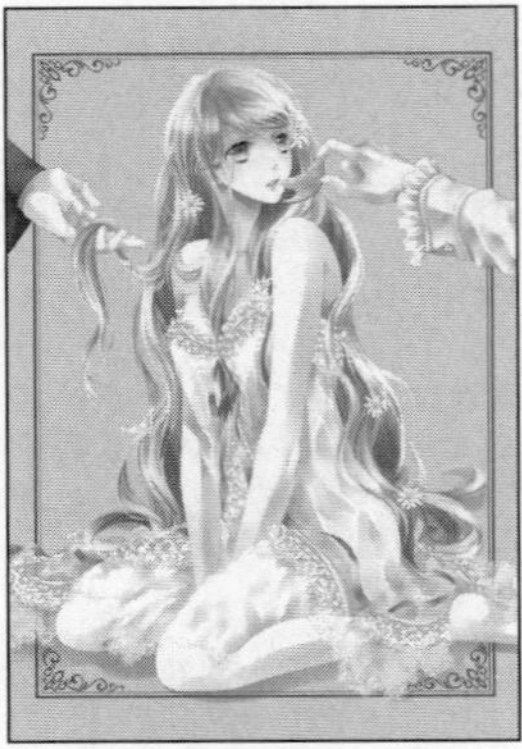

甘い枷《かせ》 ～花びらは二度ひらかれる～

斎王ことり　Illustration アオイ冬子

家が没落したマリアは、サジェスト公爵家に身売りする。初日から公爵に淫らな扱いを受け、戸惑い悲しむマリアの前に、公爵の兄だという神父が現れて……!?　濃密な愛が花ひらく、ヴィクトリアン・ロマンス！

好評既刊

フルール文庫 *Rouge Line*

欲ばりな首すじ

かのこ Illustration やまがたさとみ

大手IT企業に勤める美里はある日、自分だけの“恥ずかしいご褒美”を、クールな上司・月島に知られてしまい……。社内では上司と部下、プライベートでは淫らな逢瀬を重ねるふたりの、ソフト緊縛ラブストーリー。

艶《つや》蜜《みつ》花《はな》サーカス
～フィリア・ドゥ・フェティソ～

中島桃果子 Illustration ユナカズ

妖艶な旅回りのサーカス一座「フィリア・ドゥ・フェティソ」を舞台に咲き乱れる六篇の恋物語。演出家、スター、艶やかな男たちに熱く愛されて──。“恋”に泣き“愛”に濡れ、女たちは艶めく花になる──。

好評既刊

うなじまで、7秒

発行日　2013年11月15日　初版第1刷発行

著者　ナツ之 えだまめ
発行者　三坂泰二
編集長　波多野公美
発行所　株式会社 KADOKAWA
〒102-8177　東京都千代田区富士見 2-13-3
03-3238-8521（営業）
編集　メディアファクトリー
0570-002-001（カスタマーサポートセンター）
年末年始を除く平日 10:00 ～ 18:00 まで
印刷・製本　凸版印刷株式会社
ISBN978-4-04-066104-9　C0193
© Edamame Natsuno 2013
Printed in Japan
http://www.kadokawa.co.jp/

※本書の無断複製（コピー、スキャン、デジタル化等）並びに無断複製物の譲渡および配信は、著作権法上での例外を除き禁じられています。また、本書を代行業者などの第三者に依頼して複製する行為は、たとえ個人や家庭内の利用であっても一切認められておりません。
※定価はカバーに表示してあります。
※乱丁本・落丁本は送料小社負担にてお取替えいたします。カスタマーサポートセンターまでご連絡ください。古書店で購入したものについては、お取替えできません。

イラスト　高崎ぼすこ
ブックデザイン　ムシカゴグラフィクス
編集　白浜露葉

フルール文庫をお買い上げいただきありがとうございます。
この作品を読んでのご意見、ご感想をお待ちしております。

ファンレターのあて先
〒150-0002　東京都渋谷区渋谷 3-3-5　ＮＢＦ渋谷イースト
株式会社 KADOKAWA　フルール編集部気付
「ナツ之えだまめ先生」係、「高崎ぼすこ先生」係

二次元コードまたはURLより本書に関するアンケートにご協力ください。
※スマートフォンをお使いの方は、読み取りアプリをインストールしてご使用ください。　※一部非対応端末がございます。

http://mf-fleur.jp/contact/